Maigret e o fantasma

Livros do autor publicados pela **L&PM** EDITORES:

Todos os contos de Maigret – vol. 1
Todos os contos de Maigret – vol. 2

Coleção **L&PM** POCKET:

Romances com o inspetor Maigret:

A barcaça da morte
A fúria de Maigret
A louca de Maigret (inédito)
A noite da encruzilhada
A primeira investigação de Maigret
A velha senhora
As férias de Maigret
As testemunhas rebeldes
Liberty Bar (inédito)
Maigret e a morte do jogador (inédito)
Maigret e o corpo sem cabeça (inédito)
Maigret e o fantasma (inédito)
Maigret e o finado sr. Gallet (inédito)
Maigret e o homem do banco
Maigret e o ladrão preguiçoso (inédito)
Maigret e o matador (inédito)
Maigret e o mendigo (inédito)
Maigret e o negociante de vinhos (inédito)
Maigret e o sumiço do sr. Charles (inédito)
Maigret e os colegas americanos (inédito)
Maigret e os crimes do cais (inédito)
Maigret e os homens de bem
Maigret e seu morto
Maigret em Nova York
Maigret em Vichy (inédito)
Maigret na escola (inédito)
Maigret sai em viagem (inédito)
Maigret se defende (inédito)
Maigret se diverte (inédito)
Memórias de Maigret (inédito)
Morte na alta sociedade
O amigo de infância de Maigret (inédito)
O assassino sem rosto
O cão amarelo
O caso Saint-Fiacre
O enforcado
O medo de Maigret
O mistério das joias roubadas
O porto das brumas
O revólver de Maigret (inédito)
Os escrúpulos de Maigret (inédito)
Um crime na Holanda (inédito)
Um engano de Maigret
Uma sombra na janela

Outros romances:

A casa do canal (inédito)
A fuga do sr. Monde (inédito)
Ainda restam aveleiras
O burgomestre de Furnes
Sinal vermelho (inédito)

Georges Simenon

Maigret e o fantasma

Tradução de Renée Eve Levié

www.lpm.com.br

L&PM POCKET

Coleção **L&PM** POCKET, vol. 852

Texto de acordo com a nova ortografia.
Título original: *Maigret et le fantôme*

Primeira edição na Coleção **L&PM** POCKET: março de 2010
Esta reimpressão: maio de 2011

Tradução: Renée Eve Levié
Capa: Ivan Pinheiro Machado. Foto: Chris Cowen / Latinstock Brasil.
Preparação: Jó Saldanha
Revisão: Lia Cremonese

CIP-Brasil. Catalogação-na-Fonte
Sindicato Nacional dos Editores de Livros, RJ.

S599m

Simenon, Georges, 1903-1989
Maigret e o fantasma / Georges Simenon; tradução de Renée Eve Levié. – Porto Alegre, RS: L&PM, 2011.
160p. – (Coleção L&PM POCKET; v. 852)

Tradução de: *Maigret et le fantôme*
ISBN 978-85-254-1995-8

1. Ficção policial francês. I. Levié, Renée Eve, 1949-. II. Título. III. Série.

10-0306. CDD: 843
CDU: 821.133.1-3

Rua Comendador Coruja 314, loja 9 – Floresta – 90.220-180
Porto Alegre – RS – Brasil / Fone: 51.3225.5777 – Fax: 51.3221-5380

PEDIDOS & DEPTO. COMERCIAL: vendas@lpm.com.br
FALE CONOSCO: info@lpm.com.br
www.lpm.com.br

Impresso no Brasil
Outono de 2011

SOBRE O AUTOR

Georges Joseph Christian Simenon nasceu na cidade belga de Liège, em 12 de fevereiro de 1903, filho de Desiré Simenon, contador de uma companhia de seguros, e Henriette. A família era católica, e o comparecimento a rituais da Igreja foi uma constante na infância do autor. Christian, filho mais novo do casal, era o preferido de Henriette, enquanto Georges venerava o pai, um homem paciente que não desperdiçava palavras. Era adolescente quando Liège foi ocupada pelos alemães durante a Primeira Guerra Mundial.

Ainda na juventude do autor, seu pai adoeceu gravemente do coração. Georges abandonou a escola e começou a trabalhar. Passou por vários empregos, até que, em janeiro de 1919, foi admitido como office boy no *Gazette de Liège*, sendo posteriormente promovido a repórter. Escreveu sob vários pseudônimos, até chegar ao nome de Georges Sim, que usaria por doze anos. Na atividade jornalística, adquiriu habilidades que muito lhe valeriam na carreira de romancista: escrever rápido e respeitar prazos. Paralelamente ao trabalho, nesse período Simenon aplicou-se no estudo de medicina forense. Também nessa época começou suas primeiras experimentações literárias e conheceu Régine Renchon, a quem apelidou de Tigy, sua futura mulher.

Seu pai morreu em 1921, e, após cumprir o serviço militar, Georges mudou-se para Paris, em 1922, onde se sustentou graças ao salário de secretário particular. Nos anos seguintes, ele se estabeleceria como autor de literatura *pulp*, além de frequentar artistas da cena francesa, como o cineasta Jean Renoir, de quem se tornou amigo, e a cantora americana Josephine Baker, de quem foi amante. Já nessa época estava em gestação aquele que se tornaria um dos mais famosos personagens da literatura ocidental, o inspetor Jules Maigret.

Entre 1929 e 1930, Simenon escreveu sob pseudônimo vários textos que prenunciavam o surgimento da série em que o comissário da Polícia Judiciária francesa desvenda uma série de crimes. Os anos de 1930 e 1931 foram dedicados à redação dos romances que comporiam a série Maigret e que seriam publicados já com o nome do autor pela editora francesa Fayard a partir de 1931. *Pietr-le-Letton* (*O assassino sem rosto*) foi o primeiro desses romances a ser escrito, mas *Monsieur Gallet, décédé* foi o primeiro a ser publicado, obtendo sucesso imediato, como os demais livros que se seguiriam. Todo o universo e a ética de Maigret já estavam estabelecidos nos primeiros livros da série. As histórias protagonizadas pelo inspetor Maigret – parisiense, fumante de cachimbo, usando sempre um sobretudo de gola de veludo e chapéu – compõem uma categoria *sui generis* da literatura policial: o êxito junto ao público deve-se menos ao enredo e à descoberta do mistério do que ao misto de ceticismo e esperança com o qual o taciturno Maigret vê a sociedade – visão psicológica que é a principal arma desse humanista no combate contra o crime. Com o passar dos anos, a composição dos personagens secundários se tornaria mais complexa e o tom dos romances, mais filosófico.

Em 1933, já havia escrito seis romances em um estilo diferente do que praticara até então, que ele chamou de *roman dur*: romances que não necessariamente giram em torno de um crime e que se apoiam, sobretudo, na riqueza psicológica dos personagens. A essa altura a família já estava vivendo na propriedade em La Rochelle, na costa oeste da França.

Em 1945, Simenon – já com problemas de coração –, Tigy e o filho do casal, Marc, deixaram a Europa em direção à América. Lá, ele conheceu Denyse Ouimet, que se tornaria sua segunda mulher. Em 1953, nasceu Marie-Jo, a única filha do autor, que acabaria se suicidando em 1978. Em 1955, a família retornou à Europa, estabelecendo-se na Suíça.

A década que se seguiu foi turbulenta: Denyse sofreu de problemas psiquiátricos que a levaram à internação, em 1962, e, em 1964, abandonou a recém-construída residência familiar, na cidade suíça de Épalinges. Em 1970, morreu a mãe de Simenon, com quem ele sempre tivera relações problemáticas, e nesse mesmo ano ele escreveu seu último *roman dur*, *Les Innocents*, além de *Maigret e o sumiço do sr. Charles*, o último romance protagonizado por Jules Maigret. A partir de 1973, Simenon ditou e escreveu apenas livros de memórias que, como seus textos autobiográficos, são vistos com reservas por muitos estudiosos de sua obra, no que diz respeito à veracidade dos fatos. Nos últimos anos, o escritor viveu recluso, fazendo aparições públicas apenas ocasionalmente, das quais a mais famosa foi a entrevista dada ao cineasta e amigo Federico Fellini, na qual afirmou ter mantido relações com dez mil mulheres. Morreu aos 86 anos, no dia 4 de setembro de 1989, em Lausanne.

Simenon, o mais emblemático caso de proficuidade literária do século XX, é autor de mais de duzentos romances (75 dos quais protagonizados pelo inspetor Maigret), 155 contos (trinta com Maigret) e 25 textos autobiográficos.

Esses números são apenas aproximados, já que vários escritos foram publicados apenas em periódicos, sob até 29 pseudônimos. Dezenas de livros seus foram adaptados para a tevê, cinema e quadrinhos, e a sua venda mundial é estimada em 1,5 bilhão de exemplares, em mais de cinquenta línguas. Atestando a sua permanência literária e a excelência de sua ficção, foi recentemente eleito o segundo melhor autor de livros de mistério pelo jornal *The Times*, somente atrás de Patricia Highsmith.

SUMÁRIO

CAPÍTULO I

As noites estranhas do inspetor Lognon e as doenças de Solange

Passava um pouco da uma da manhã quando a luz se apagou no escritório de Maigret naquela noite. Com os olhos inchados de cansaço, o comissário empurrou a porta da sala dos inspetores, onde Bon-fils e o jovem Lapointe estavam de plantão.

– Boa noite, crianças – resmungou.

As faxineiras varriam o amplo corredor, e ele cumprimentou-as com um pequeno aceno de mão. Como sempre, nessa hora havia uma corrente de ar, e a escada que ele descia na companhia de Janvier estava úmida e gelada.

Eram meados de novembro. Chovera o dia todo. Maigret, que estivera na atmosfera superaquecida da sua sala desde as oito da manhã do dia anterior, levantou a gola do casaco antes de atravessar o pátio.

– Posso deixar você em algum lugar?

Um táxi, que havia sido chamado pelo telefone, os aguardava na frente do portão do Quai des Orfèvres.

– Em qualquer entrada do metrô, chefe.

Chovia a cântaros, e os pingos da chuva ricocheteavam nos paralelepípedos. O inspetor desceu do táxi no Châtelet.

– Boa noite, chefe.

– Boa noite, Janvier.

O momento era igual a centenas de outros que haviam passado juntos, quando sempre sentiam aquela mesma cálida satisfação.

Pouco depois, Maigret subia a escada do Boulevard Richard-Lenoir sem fazer barulho, procurava a chave no bolso, girava-a suavemente na fechadura e, quase em seguida, ouvia a sra. Maigret se mexer na cama.

– É você?

Era a centésima, quando não a milésima vez, que ela fazia essa mesma pergunta com voz sonolenta, tateava em volta para acender a lâmpada na mesinha de cabeceira, se levantava da cama de camisola e dava uma olhada no marido para verificar seu estado de ânimo quando ele voltava no meio da noite.

– Acabou?

– Acabou.

– O rapaz falou enfim?

Maigret balançou a cabeça afirmativamente.

– Está com fome? Quer que eu prepare alguma coisa?

Maigret pendurara o sobretudo molhado no cabide e desatava a gravata.

– Tem uma cerveja na geladeira?

Ele quase mandara o táxi parar na Place da République para tomar um copo de cerveja numa brasserie que ainda estivesse aberta.

– Foi como você pensava?

Um caso banal, se é que um caso que colocava em questão o destino de vários homens podia ser qualificado de banal. Os jornais haviam encontrado uma manchete sensacional: A gangue das motocicletas.

Na primeira vez, duas motocicletas haviam parado na frente de uma joalheria da Rue de Rennes em plena luz do dia. Dois indivíduos desceram da primeira, outro da segunda, os três cobriram os rostos com lenços vermelhos e correram até a loja, de onde saíram alguns instantes depois, de revólver na mão, com as joias e os relógios pilhados da vitrina e do balcão.

A multidão não reagira imediatamente, e quando, passada a primeira surpresa, os motoristas decidiram ir atrás dos ladrões, formou-se um engarrafamento tão grande que acabou dando cobertura à fuga dos assaltantes.

– Eles vão recomeçar – avisara Maigret.

O butim não havia sido grande coisa porque a joalheria, cuja proprietária era uma viúva, só vendia peças baratas.

– Quiseram apenas testar sua técnica.

Era a primeira vez que usavam motocicletas num assalto.

O comissário não se enganara pois, três dias depois, o mesmo cenário se repetiu, desta vez numa joalheria de luxo do Faubourg Saint-Honoré. O resultado foi o mesmo, com a diferença que os bandidos levaram joias no valor de vários milhões de francos antigos, duzentos milhões segundo o jornais, ou quase cem milhões, de acordo com a avaliação da companhia de seguros.

Mas um dos ladrões perdera o lenço vermelho no momento da fuga e dois dias depois foi preso na Rue Saint-Paul, na serralharia onde trabalhava.

Na mesma tarde, os três se viram atrás das grades, sendo que o mais velho tinha 22 anos e o caçula, Jean Bauche, a quem chamavam de Jeannot, recém completara dezoito anos.

Era um rapaz louro, de cabelos um pouco compridos demais, filho de uma arrumadeira que trabalhava na Rue Saint-Antoine e também na serralharia.

– Janvier e eu nos revezamos o dia todo – contou Maigret rabugento para sua mulher, enquanto bebia uma cerveja e comia alguns sanduíches.

"– Escute, Jeannot. Você acha que é um valentão. Eles convenceram você de que era. Mas não foram nem você nem seus coleguinhas que tiveram a ideia de armar esses golpes. Tem alguém atrás de vocês, alguém que organizou tudo e que tomou muito cuidado para não aparecer. Ele saiu da penitenciária de Fresnes há dois meses e não tem a menor vontade de voltar para lá. Admitiu que estava lá num carro roubado e que protegeu a fuga de vocês, dirigindo no meio do trânsito com uma falsa imperícia..."

Enquanto colocava a mulher a par dos acontecimentos em frases curtas, Maigret tirava a roupa e às vezes tomava um gole da cerveja.

– Esses moleques são teimosos... Inculcaram neles uma ideia muito particular do que é a honra...

Ele mandara prender três fujões condenados à prisão, dentre os quais estava Gaston Nouveau. Como era de se esperar, Nouveau tinha um álibi sólido: duas pessoas confirmaram que ele estava num bar da Avenue des Ternes no momento do assalto.

Durante horas os confrontos não deram nenhum resultado. Victor Sidon, o mais velho dos três motoqueiros, a quem chamavam de Mémère*, porque era gorducho, observava o comissário com um olhar zombeteiro. Saugier, a quem chamavam de Pétard**, chorava e jurava que não sabia de nada.

– Janvier e eu concentramos nossos esforços sobre o jovem Bauche. Mandamos vir sua mãe, que suplicou ao filho:

"– Fala, Jeannot! Você está vendo que esses senhores não estão atrás de você. Sabem que você se deixou levar..."

Vinte horas desagradáveis, pressionando um moleque até os limites da resistência humana. Tampouco era agradável vê-lo sucumbir de repente.

* Mãezinha. (N.T.)

** Bomba. (N.T.)

"– Está bem! Vou contar tudo. Sim, foi Nouveau que veio atrás da gente no Lotus e propôs o golpe..."

Um pequeno bar da Rue Saint-Antoine, onde jovens, moças e rapazes, vinham ouvir música das *jukeboxes.*

"– Por causa de vocês ele vai mandar seus cupinchas me matarem quando eu sair da prisão."

Pronto! Mais um dia chegava ao fim. Maigret se deitou, a cabeça pesada.

– Você precisa estar no escritório a que horas?

– Às nove.

– Não pode dormir até um pouco mais tarde?

– Me acorde às oito.

Pode-se dizer que não houve transição nenhuma. Para Maigret era como se não tivesse dormido. Ele teve a impressão de que a campainha da porta tocava poucos minutos depois que fechara os olhos e que sua mulher se levantava da cama.

Pessoas sussurravam na entrada. Achou que reconhecia a voz, disse para si mesmo que estava sonhando e enfiou a cabeça no travesseiro.

Ouviu novamente os passos da sua mulher se aproximando da cama. Iria se deitar novamente? Alguém se enganara de porta? Não. Ela tocou seu ombro, abriu as cortinas e, sem precisar abrir os olhos, ele percebeu que já era dia. Perguntou com voz pastosa:

– Que horas são?

– Sete horas.

– Quem está aí?

– É Lapointe, está esperando por você na sala de jantar.

– O que ele quer?

– Não sei. Fique mais um pouco na cama enquanto preparo uma xícara de café.

Por que sua mulher falava com ele como se alguém tivesse vindo trazer uma má notícia? Por que hesitara em responder à sua pergunta? O dia estava de um cinza sujo e continuava chovendo.

A primeira ideia de Maigret foi que, assustado com sua confissão, Jean Bauche se enforcara na cela da prisão. Sem esperar pelo café, levantou-se, vestiu as calças, penteou os cabelos rapidamente e, ainda titubeante depois de um sono pesado demais, empurrou a porta da sala de jantar.

Vestido com um sobretudo preto, segurando um chapéu escuro numa das mãos, o rosto com a barba por fazer depois de uma noite de vigília, Lapointe estava em pé diante da janela.

Maigret limitou-se a questioná-lo com um olhar.

– Desculpe acordar o senhor assim, chefe... Essa noite aconteceu alguma coisa com alguém de quem o senhor gosta...

– Janvier?

– Não... Não é um dos homens do Quai...

A sra. Maigret trouxe duas xícaras grandes com café.

– Lognon...

– Morreu?

– Está gravemente ferido. Levaram-no para o hospital Bichat; o professor Mingault já está operando há três horas. Eu não quis vir mais cedo nem telefonar porque o senhor precisava descansar depois das 24 horas de ontem. Além disso, no início eles achavam que Lognon tinha poucas chances de sobreviver.

– O que aconteceu?

– Ele levou dois tiros, um na barriga e outro um pouco abaixo do ombro.

– Onde?

– Na Avenue Junot, na calçada.

– Estava sozinho?

– Estava. Por enquanto, são os colegas do 18º *arrondissement* que estão investigando.

Maigret bebia seu café em pequenos goles sem sentir a mesma satisfação das outras manhãs.

– Achei que o senhor gostaria de estar ao lado quando ele acordar. O carro está lá embaixo...

– Já se sabe alguma coisa sobre o atentado?

– Quase nada. Nem o que estava fazendo na Avenue Junot. A zeladora de um dos prédios ouviu os tiros e telefonou para o Disque-Polícia. Uma bala atravessou uma das venezianas da janela e se alojou no muro, em cima da cama dela...

– Vou me vestir...

Maigret entrou no banheiro enquanto a sra. Maigret preparava a mesa para o café da manhã e Lapointe depois de tirar o sobretudo esperava.

Embora, por mais que o desejasse, o inspetor Lognon não pertencesse ao Quai, Maigret trabalhara várias vezes com ele, quase sempre quando um caso importante explodia no 18º *arrondissement.*

Lognon era um burguês, como se dizia, ou um policial civil, e um dos vinte inspetores cuja sala ficava na prefeitura de Montmartre, na esquina da Rue Caulaincourt com a Rue do Mont-Cenis.

Alguns o chamavam de Inspetor Sem Graça por causa da sua expressão taciturna. Maigret, porém, o chamava de Inspetor Sem Sorte, e poder-se-ia dizer que, de fato, o coitado do Lognon tinha o dom de atrair todas as infelicidades do mundo sobre ele.

Pequeno e magro, ficava resfriado o ano inteiro, o que lhe deixava com o nariz vermelho e os olhos lacrimejantes de um bêbado, embora fosse, sem a menor dúvida, o homem mais sóbrio da polícia.

Ele sofria o desgosto de ter uma mulher doente, que se arrastava da cama à poltrona que ficava do lado da janela, de forma que depois do trabalho ainda precisava cuidar da casa, das compras e da comida. Ele mal conseguia pagar uma faxineira para fazer a limpeza pesada uma vez por semana...

Lognon havia feito o concurso da P.J. quatro vezes e, embora fosse um policial extraordinário no plano profissional, todas as vezes fora reprovado por erros estúpidos. Era uma espécie de cão de caça que, quando encontrava um rastro, não o largava mais. Um obstinado. Um escrupuloso. O tipo de policial que quando cruzava com alguém na rua farejava imediatamente se havia algo de suspeito.

– Acham que vão salvá-lo?

– Parece que no Hospital Bichat deram três possibilidades em dez...

Não era encorajador para um homem que merecera o apelido de Inspetor Sem Sorte.

– Ele conseguiu falar?

Maigret, sua esposa e Lapointe comiam os croissants que o rapaz da padaria acabara de deixar diante da porta.

– Seus colegas não me disseram nada e eu preferi não insistir...

Lognon não era o único que sofria de um complexo de inferioridade. A maioria dos inspetores de bairro lançava olhares carregados de inveja para a Grande Casa, como chamavam o Quai des Orfèvres, e quando ocorria um caso interessante, que daria grandes manchetes nos jornais, detestavam serem informados a respeito.

– Vamos! – suspirou Maigret, vestindo o sobretudo ainda úmido da véspera.

Seu olhar cruzou com o da esposa, e ele entendeu que ela queria falar com ele e que ambos acabavam de ter a mesma ideia.

– Você vem almoçar em casa?

– É pouco provável...

– Nesse caso, você não acha que...

Ela pensava na sra. Lognon, sozinha e impotente no seu apartamento.

– Vista-se, depressa! Deixaremos você na Place Constantin-Pequeux.

Os Lognon moravam ali havia vinte anos, num prédio de tijolos vermelhos decorado com uma fileira de tijolos amarelos em volta das janelas, de cujo número Maigret nunca se lembrava.

Lapointe sentou-se ao volante do pequeno carro da P. J. Em todos esses anos era a segunda vez que a sra. Maigret entrava num desses carros na companhia do marido.

Eles ultrapassaram ônibus superlotados. Nas calçadas, as pessoas caminhavam apressadas, dobradas para frente, agarradas aos guarda-chuvas que o vento tentava arrancar das suas mãos.

Chegaram em Montmartre, na Rue Caulaincourt.

– É aqui...

No meio da praça erguia-se um casal de pedra; um seio da mulher emergia das dobras da roupa, e a estátua estava preta do lado onde a chuva a fustigava.

– Telefone para o escritório, devo estar lá no final da manhã...

Um caso mal terminara, e outro, do qual ele ainda ignorava tudo, começava. Ele gostava de Lognon. Enfatizara várias vezes seus méritos nos relatórios oficiais e até repassara para ele o benefício de sucessos que obtivera pessoalmente. E tudo em vão. O Inspetor Sem Sorte!

– Vamos para o Bichat primeiro...

Uma escada. Corredores. Portas que se abriam para fileiras de leitos e olhares de pessoas deitadas que se fixavam nos dois homens quando passavam.

Eles foram encaminhados à direção errada, precisaram descer novamente até o pátio e subir por outra escada até, finalmente, se encontrarem diante de uma porta com a placa "Cirurgia", onde um inspetor do 18º *arrondissement* chamado Créac, que eles conheciam, esperava com um cigarro apagado entre os lábios.

– É melhor o senhor apagar o cachimbo, senhor Comissário. Aqui tem uma espécie de dragão que vai pular em cima do senhor como fez comigo quando eu quis acender meu cigarro...

As enfermeiras passavam com bacias, jarros e bandejas cheias de frascos e instrumentos niquelados.

– Ele ainda está lá?

Eram oito e quarenta e cinco da manhã.

– Começaram a operá-lo às quatro...

– Teve alguma notícia?

– Não... tentei perguntar naquela sala ali, à esquerda, mas a velha...

Era a sala da enfermeira-chefe, aquela que Créac chamara de dragão. Maigret bateu na porta. Uma voz um pouco seca mandou-o entrar.

– O que deseja?

– Desculpe incomodá-la, senhora. Sou o chefe da Brigada Criminal da Polícia Judiciária.

O olhar frio da mulher parecia dizer: "E daí?"

– Eu queria saber se a senhora tem notícias do inspetor que está sendo operado neste instante.

– Terei notícias quando a operação terminar... A única informação que tenho é que ele não morreu, porque o professor continua lá...

– Ele conseguia falar quando o trouxeram para cá?

Dessa vez ela olhou para Maigret como se ele estivesse fazendo uma pergunta estúpida.

– Ele estava se esvaindo em sangue e tivemos que fazer uma transfusão de emergência.

– A senhora tem alguma ideia de quando vai recuperar os sentidos?

– Pergunte ao professor Mingault.

– Se a senhora tiver um quarto particular livre eu agradeceria muito se o reservasse para ele. É importante. Um inspetor permanecerá ao lado da sua cama...

Ela prestou atenção, porque a porta da sala de cirurgia acabara de se abrir, e um homem usando uma touca na cabeça e um avental manchado de sangue por cima da camisa branca apareceu no corredor.

– Senhor professor, tem uma pessoa aqui que...

– Comissário Maigret.

– Muito prazer.

– Ele está vivo?

– Por enquanto... A menos que surjam complicações, tenho esperanças de salvá-lo...

A testa estava molhada de suor, e o olhar traía o cansaço.

– Só mais uma coisa... É importante que fique num quarto particular...

– Trate disso, senhora Drasse... Com licença...

O médico dirigiu-se com passos largos para seu consultório. A porta abriu-se outra vez. Um enfermeiro apareceu, empurrando uma maca onde, debaixo do lençol, se delineava a forma de um corpo. De Lognon, rígido e exangue, só se via o rosto.

– Bernard, leve-o para o 218.

– Sim, senhora.

Ela acompanhou a maca. Maigret, Lapointe e Créac seguiram atrás dela. Era uma procissão lúgubre naquele dia desbotado que entrava pelas janelas altas das salas com os leitos alinhados diante das quais passavam. Parecia um pesadelo.

Outro enfermeiro, que também saíra da sala de cirurgia, acompanhava o cortejo.

– O senhor é da família?

– Não... Comissário Maigret...

– Ah! É o senhor?

O enfermeiro olhou para ele com curiosidade, como se quisesse ter certeza que ele se parecia com a imagem que fizera dele.

– O professor disse que ele tem chances de sobreviver...

Era outro mundo, um mundo onde as vozes não tinham a mesma sonoridade que em outros lugares e as perguntas não encontravam eco.

– Se ele disse...

– O senhor tem alguma ideia de quanto tempo vai demorar até ele acordar?

Será que a pergunta de Maigret era tão absurda que precisavam olhar para ele daquele jeito? A enfermeira-chefe parou os policiais na frente da porta.

– Não. Agora não.

Era preciso instalar o ferido, cuidar dele; duas enfermeiras apareceram com o material, uma tenda de oxigênio inclusive.

– Já que insistem, podem ficar no corredor, embora eu não goste disso. Temos um horário para as visitas.

Maigret olhou para o relógio no pulso.

– Créac, acho que vou deixar você. Tente estar presente quando ele acordar. Se ele estiver em condições de falar, anote exatamente o que disser...

Ele não se sentia humilhado, isso não, mas sentia um mal-estar porque não estava acostumado a ser tão mal recebido. Aqui, sua fama não fazia nenhum efeito sobre as pessoas, para as quais a vida e a morte tinham um sentido diferente do que para o homem comum.

No pátio, sentiu um alívio quando pôde acender o cachimbo, enquanto Lapointe acendia um cigarro.

– Você... é melhor que vá dormir. Mas antes me deixe na prefeitura do 18º *arrondissement*.

– Não quer que o acompanhe, chefe?

– Você passou a noite...

– Ora, sabe, na minha idade...

Eles estavam a dois passos da prefeitura. Na sala dos inspetores, encontraram três burgueses debruçados sobre a máquina de escrever, que escreviam relatórios com ar de funcionários conscienciosos.

– Bom dia, senhores... Qual de vocês sabe o que aconteceu?

Maigret os conhecia também, talvez não pelo nome, mas certamente de vista, e os três se ergueram.

– Todos nós e ninguém...

– Alguém avisou a sra. Lognon?

– Durantel se encarregou disso.

No assoalho havia marcas de solas de sapatos molhadas, e o ar fedia a tabaco.

– Lognon estava tratando de um caso?

Os três se entreolharam, hesitantes. Por fim, um deles, um homem pequeno e gorducho, começou:

– Foi exatamente isso o que nos perguntamos... O senhor conhece Lognon, senhor comissário superintendente... Ele assumia uns ares misteriosos quando achava que havia encontrado uma pista... Muitas vezes ele trabalhava num caso durante semanas sem nos contar nada...

Porque o pobre coitado do Lognon estava acostumado a que outro recebesse os parabéns no seu lugar!

– Ele parecia estar escondendo um segredo há pelo menos duas semanas, e às vezes, quando voltava para cá, dava a impressão que estava preparando uma surpresa importante...

– Ele não comentou nada?

– Não. Só que quase sempre escolhia o plantão noturno...

– Sabe em que setor estava trabalhando?

– As patrulhas o viram várias vezes na Avenue Junot, perto do lugar onde atiraram nele. Mas não o viram ultimamente. Ele saía daqui por volta das nove da noite e voltava às três ou quatro horas da manhã... Às vezes sumia a noite toda.

– Ele fez um relatório?

– Consultei o registro. Só escreveu a palavra "nada".

– Vocês deixaram alguns homens no local?

– Três, estão sob o comando de Chinquier.

– Jornalistas?

– É difícil esconder um atentado contra um inspetor... O senhor não quer falar com o comissário?

– Agora não.

Com Lapointe ainda no volante, Maigret pediu que o levasse até a Avenue Junot. As árvores terminavam de perder as folhas, que colavam nos paralelepípedos molhados. A chuva, que não parara de cair, não impedira que cerca de cinquenta pessoas se aglomerassem até o meio da avenida.

Na frente de um prédio de quatro andares, policiais uniformizados barravam uma parte da calçada.

Maigret não escapou dos fotógrafos quando saltou do carro, e precisou abrir caminho no meio dos curiosos e dos guarda-chuvas.

– Mais uma, comissário! Dê alguns passos para trás no meio da multidão!

Ele os olhou com o mesmo olhar com o qual a enfermeira-chefe o encarara no Bichat. No pedaço da calçada deserta, a chuva fora insuficiente para apagar a poça de sangue que se diluía lentamente e onde, não podendo usar giz, haviam demarcado, da melhor forma possível, a forma de um corpo com pedaços de madeira.

O inspetor Deliot, que também pertencia ao Comissariado do 18º *arrondissement*, tirou o chapéu encharcado para saudar Maigret.

– Chinquier está com a zeladora, senhor comissário superintendente. Ele foi o primeiro que chegou no local.

Maigret se dirigiu ao prédio antiquado, mas muito limpo e bem conservado, e empurrou a porta envidraçada da portaria no instante em que o inspetor Chinquier enfiava seu caderno de anotações no bolso.

– Achei que o senhor viria. Fiquei surpreso quando não vi ninguém do Quai.

– Passei primeiro no Bichat.

– Como foi a operação?

– Parece que correu bem. O professor acha que ele tem chances de sobreviver.

A portaria também era limpa, bem decorada. A zeladora, que devia ter uns 45 anos, era uma mulher simpática, com uma aparência agradável.

– Sentem-se, senhores... Acabo de contar tudo o que sei para o inspetor... Olhem só para o chão...

O linóleo verde estava coberto com os cacos do vidro que faltavam na janela.

– E aqui...

Ela apontou para um buraco, cerca de um metro acima da cama que ocupava o fundo do aposento.

– A senhora estava sozinha?

– Estava. Meu marido trabalha como porteiro noturno no Palace, na Champs-Élysées, e só volta às oito da manhã.

– Onde está ele agora?

– Na cozinha...

Ela apontou para uma porta fechada.

– Está tentando descansar porque, apesar de tudo, terá que trabalhar hoje à noite.

– Chinquier, presumo que você já fez todas as perguntas necessárias. A senhora se incomoda se eu também fizer algumas?

– O senhor precisa de mim?

– Agora não.

– Nesse caso, vou até lá em cima...

Maigret franziu as sobrancelhas e se perguntou onde era lá em cima, mas, para não ferir a sensibilidade do inspetor do bairro, não perguntou nada.

– Desculpe, senhora...

– Sra. Sauget. Os inquilinos me chamam de Angèle.

– Por favor, sente-se.

– Estou tão habituada a ficar em pé!

Ela fechou a cortina que escondia a cama durante o dia, e o aposento se transformou numa pequena sala.

– O senhor quer tomar alguma coisa? Uma xícara de café?

Obrigado. Então, a senhora estava deitada hoje à noite...

– Estava. Ouvi uma voz dizer: "*Cordon**, por favor..."

– A senhora sabe que horas eram?

– Os números do meu despertador são fosforescentes. Eram duas e vinte da madrugada...

– Era um dos seus inquilinos saindo?

– Não. Era aquele homem...

Ela expressava a timidez de alguém que é obrigado a ser indiscreto.

– Que homem?

– Aquele que levou os tiros...

Surpresos, Maigret e Lapointe se entreolharam.

---

* Corda curta, que permitia ao zelador abrir a porta, sem sair da portaria, para as pessoas entrarem ou saírem do prédio. (N.T.)

– A senhora quer dizer o inspetor Lognon?

Ela confirmou com a cabeça.

– Somos obrigados a contar tudo para a polícia, não é mesmo? Em geral não falo sobre meus inquilinos, sobre o que fazem ou quem recebem. Suas vidas particulares não me dizem respeito. Mas, depois do que aconteceu...

– A senhora conhece o inspetor há muito tempo?

– Há anos. Desde que meu marido e eu moramos aqui. Mas eu não sabia seu nome. Eu o via passar e sabia que era da polícia, porque ele esteve aqui várias vezes para verificar a identidade de algumas pessoas. Ele não falava muito...

– Em que condições a senhora passou a conhecê-lo melhor?

– Quando começou a frequentar o apartamento da moça do quarto andar...

Dessa vez Maigret perdeu a voz. Quanto a Lapointe, esse estava no auge do espanto. Os policiais não são obrigatoriamente uns santos. Maigret não ignorava que no próprio trabalho alguns tinham aventuras extraconjugais.

Mas Lognon... Que o Sem Graça visitasse de noite uma moça que morava a apenas duzentos metros de sua própria casa!

– A senhora tem certeza de que se trata do mesmo homem?

– Ele não é difícil de reconhecer, não é mesmo?

– Já faz muito tempo que... que ele vinha ver essa pessoa?

– Uns dez dias...

– Então, ele deve ter chegado com ela uma noite?

– Sim.

– Ele escondeu o rosto quando passou pela portaria?

– Acho que sim.

– E voltou muitas vezes?

– Quase todas as noites...

– E saía tarde?

– No início, isto é, nos três ou quatro primeiros dias, foi embora pouco depois da meia-noite. Depois ficava até mais tarde, duas ou três da manhã...

– Como se chama essa moça?

– Marinette... Marinette Augier... É muito bonita, tem 25 anos, e é muito bem-educada...

– Ela costuma receber homens?

– Acho que posso responder a essa pergunta porque ela nunca escondeu o que fazia... Durante um ano recebeu a visita de um rapaz muito bonito duas ou três vezes por semana, ela me disse que era seu noivo...

– Ele passava a noite com ela?

– O senhor vai acabar sabendo mesmo... Passava... Quando ele parou de vir, ela pareceu triste... Uma manhã, quando veio apanhar o correio, perguntei se haviam rompido o noivado, e ela respondeu:

"– Não toque mais nesse assunto, minha boa Angèle. Os homens não merecem que a gente se aborreça por causa deles..."

"Ela não deve ter ficado pensando nele durante muito tempo porque logo recuperou sua alegria... É uma moça muito extrovertida, saudável..."

– Ela trabalha?

– Pelo que me contou, é esteticista num salão de beleza na Avenue Matignon. O que explica por que está sempre tão bem-cuidada e bem-vestida.

– E o namorado?

– O noivo que desapareceu? Ele devia ter uns trinta anos. Não sei o que fazia. Só sei seu primeiro nome. Para mim, era o senhor Henri, o nome que ele dava quando passava pela portaria de noite.

– Quando romperam?

– No inverno passado, por volta do Natal.

– Quer dizer então que durante quase um ano essa moça... como é mesmo nome dela... Marinette...?

– Marinette Augier.

– Então, durante um ano ela não recebeu nenhuma visita no apartamento dela?

– Apenas o irmão, de vez em quando. Ele mora no subúrbio com a mulher e três filhos.

– E ela chegou de noite com o inspetor Lognon há mais ou menos duas semanas?

– Como eu disse.

– E desde então ele voltou todas as noites?

– Menos no domingo, a não ser que eu não o tenha visto entrar ou sair.

– Ele nunca vinha durante o dia?

– Não. Mas o senhor me fez lembrar um detalhe. Uma noite, ele chegou por volta das nove, como sempre, e eu corri atrás dele antes que começasse a subir a escada para avisar: "Marinette não está em casa". E ele respondeu: "Eu sei, ela está na casa do irmão".

– Ele subiu assim mesmo, sem dar nenhuma explicação, o que me fez pensar que ela havia dado a chave para ele.

Agora Maigret entendia por que o inspetor Chinquier subira.

– Sua inquilina está lá em cima agora?

– Não.

– Ela foi trabalhar?

– Não sei aonde foi, mas eu quis dar a notícia com delicadeza...

– A que horas?

– Depois de ter ligado para a polícia.

– Portanto, antes das três da manhã?

– Foi... Achei que ela certamente devia ter ouvido os tiros. Todos os inquilinos ouviram. Alguns estavam debruçados nas janelas, outros desceram de penhoar para saber o que estava acontecendo. Na calçada... não era nada bonito de ver... Então, subi correndo até lá em cima e bati na sua porta... Ninguém atendeu... Entrei e vi que o apartamento estava vazio...

Ela olhava para o comissário com uma certa satisfação, como se quisesse dizer: "O senhor já deve ter visto coisas estranhas na sua carreira, mas confesse que não esperava por isso".

Era verdade. Maigret e Lapointe só podiam trocar olhares inexpressivos. Maigret pensava na sua mulher que, naquele mesmo instante, estava na casa da sra. Lognon, cujo primeiro nome era Solange, tentando consolá-la e certamente arrumando a casa dela!

– A senhora acha que ela saiu do prédio com ele?

– Tenho certeza que não. Meu ouvido é apurado. E também tenho certeza que havia apenas uma pessoa, um homem...

– Ele disse o nome quando passou?

– Não. Ele tinha o hábito de gritar: "Quarto andar!" Eu reconhecia sua voz. Aliás, ele era o único que falava assim.

– Ela poderia ter saído antes dele?

– Também não. Naquela noite só puxei o *cordon* uma vez, às onze e meia, para as pessoas do terceiro andar quando elas voltaram do cinema.

– Ela poderia ter saído depois dos tiros?

– É a única explicação. Quando vi o corpo na calçada corri para telefonar para o Disque-Polícia... Hesitei em fechar a porta da entrada... Não tive coragem... Era como se abandonasse aquele pobre homem...

– A senhora se debruçou sobre ele para verificar se estava morto?

– Foi difícil, tenho horror a sangue, mas o fiz.

– Ele estava acordado?

– Não sei...

– Ele disse alguma coisa?

– Ele mexeu os lábios... Senti que queria dizer alguma coisa... Achei ter ouvido uma palavra, mas devo ter me enganado, porque não fazia sentido... Talvez estivesse delirando...

– Que palavra?

– Fantasma...

Ela corou, como se temesse que o comissário e o inspetor rissem dela ou a acusassem de estar inventando alguma coisa.

CAPÍTULO II

O almoço no restaurante Chez Manière

O HOMEM PARECIA TER escolhido aquele instante para fazer uma entrada teatral. Talvez estivesse escutando atrás da porta? Mal a palavra "fantasma" havia sido pronunciada, a maçaneta começou a girar, a porta entreabriu-se, e uma cabeça surgiu, enquanto o corpo permanecia escondido.

O rosto era pálido, as feições embaçadas, as pálpebras e a boca caídas, e Maigret demorou um pouco para entender que o que dava ao recém-chegado uma expressão lúgubre era a ausência da dentadura.

– Acordou, Raoul?

E, como se fosse necessário, ela apresentou o homem:

– Meu marido, senhor comissário...

Raoul usava um penhoar de uma cor roxa horrorosa por cima de um pijama amarrotado, e era muito mais velho do que ela.

Atrás do balcão do Palace, no seu uniforme com debruns dourados, ele podia enganar, mas aqui, barbado, o corpo mole, a expressão mal-humorada no rosto de alguém que não consegue dormir, ele era ao mesmo tempo ridículo e digno de piedade.

Segurando uma xícara de café na mão, ele cumprimentou Maigret vagamente e depois seu olhar se fixou nas cortinas de guipura além das quais, na chuva persistente, silhuetas sombrias continuavam se aglomerando apesar de os sargentos da cidade se esforçarem para mantê-los à distância.

– Ainda vai demorar muito? – gemeu.

Estavam roubando o sono do qual precisava, o sono ao qual tinha direito e, pela expressão no rosto, poder-se-ia acreditar que a vítima era ele.

– Por que não toma um dos comprimidos que o médico receitou para você?

– Eles me dão dor no estômago.

Ele sentou num canto para tomar seu café, os pés nus enfiados em chinelos de feltro, e durante toda a entrevista só abriu a boca para suspirar.

– Madame, eu gostaria que tentasse lembrar, quase segundo por segundo, o que aconteceu a partir do momento em que pediram à senhora para abrir a porta.

Ele não tinha nada com isso, mas perguntou-se por que essa mulher apetitosa casara com um homem pelo menos vinte anos mais velho do que ela e que, naquela época, certamente não conhecera sem a dentadura.

– Ouvi: "*Cordon*, por favor..." E a voz, que reconheci imediatamente, gritou: "Quarto andar! " Como já disse, olhei para o relógio automaticamente. É uma mania. Eram duas e vinte. Estiquei a mão para apertar o botão, porque na verdade o *cordon* não existe mais hoje em dia, foi trocado por um botão elétrico que aciona a abertura da porta. No mesmo instante, tive a impressão de que ouvi o barulho de um motor, como se um carro estivesse estacionando não na frente do prédio, mas em frente à casa vizinha, sem que tirassem o pé do acelerador. Até pensei que os Hardsin haviam chegado, um casal que mora no prédio ao lado e que muitas vezes volta tarde à noite.

"Tudo isso, é claro, não demorou mais do que alguns segundos... Também ouvi os passos do senhor Lognon no corredor. Depois a porta bateu. Em seguida, o barulho do motor ficou mais forte, o carro começou a andar e ouvi a explosão de um tiro, mais um, um terceiro... Parecia que o último tiro havia sido disparado dentro da própria portaria, porque ouvi um estrondo no postigo, o vidro quebrando, um barulho esquisito acima da minha cabeça..."

– O carro não parou? A senhora tem certeza de que era um carro?

De cabeça baixa, e sem parar de mexer a colher dentro da xícara, o marido olhava ora para um, ora para o outro.

– Eu tenho certeza. A rua é uma ladeira. Os carros aceleram quando sobem. Esse acelerou o máximo na direção da Rue Norvins...

– A senhora lembra se ouviu um grito?

– Não. No início não saí daqui, estava com medo. Mas, o senhor sabe, as mulheres precisam sempre saber, constatar. Acendi a luz, vesti meu penhoar e corri até o corredor.

– A porta da entrada estava fechada?

– Eu já disse. Eu ouvi quando ela fechou. Colei a orelha na porta e só ouvi o barulho da chuva. Então eu a entreabri e vi o corpo... Estava a menos de dois metros da soleira.

– Voltado para que lado da rua? Para cima ou para baixo?

– Mais na direção da Rue Caulaincourt. O pobre coitado segurava a barriga com as duas mãos, e o sangue escorria entre os dedos dele. Seus olhos me fixavam.

– A senhora se debruçou sobre ele e foi então que ouviu, ou achou que ouviu, a palavra "fantasma"?

– Eu posso jurar que foi exatamente isso que ele sussurrou. As janelas se abriram. Os inquilinos não têm telefone e são obrigados a usar o telefone da portaria. Dois deles encomendaram um telefone, estão na lista de espera há dois anos.

"Voltei para cá e procurei o número do Disque-Polícia na lista. Eu deveria saber essas coisas, mas nunca penso nisso, principalmente num prédio tranquilo como o nosso...

– O corredor estava iluminado?

– Não. Somente a portaria. O policial que atendeu o telefone achou que era um trote e fez algumas perguntas, de forma que demorou um pouco.

O telefone era de parede. Do local onde estava colocado, era impossível enxergar o que acontecia no corredor.

– Alguns inquilinos desceram... Eu já contei tudo isso para o senhor... Assim que desliguei, lembrei de Marinette e subi correndo até o quarto andar...

– Muito obrigado. Posso usar o telefone?

Maigret ligou para a P. J.

– Alô! É você, Lucas?... Você deve ter encontrado uma anotação de La Pointe sobre Lognon... Não, não estou mais no hospital... Não se sabe ainda se vai sobreviver... Estou na Avenue Junot... Eu quero que vá até o hospital... Sim, eu prefiro que seja você... Assuma sua aparência mais oficial, aquela gente não gosta muito de intrusos...

"Tente falar com o enfermeiro que acompanhou a operação, a essa hora o professor Mingault não deve mais estar acessível... Acho que encontraram a bala, talvez duas... Sim... Eu queria ter mais detalhes enquanto o relatório oficial não fica pronto... E leve as balas para o laboratório..."

Antigamente, esse trabalho era entregue a Gastinne-Renette, um especialista da cidade, mas agora havia um especialista em balística no laboratório da P. J., no sótão do Palácio da Justiça.

– Eu me encontro com você daqui a pouco, ou no início da tarde...

O comissário voltou-se para Lapointe.

– Você realmente não quer ir dormir?

– Estou sem sono, chefe...

O porteiro da noite do Palace lançou um olhar para ele carregado de inveja e reprovação.

– Nesse caso, dê um pulo na Avenue Matignon. Os institutos de beleza não devem ser tão numerosos que você não encontre aquele onde Marinette trabalha... É pouco provável que esteja trabalhando... Tente descobrir o máximo de detalhes que puder sobre ela...

– Entendido, chefe.

– Quanto a mim, eu vou subir...

Maigret estava um pouco chateado por não ter se lembrado das balas enquanto estava no Bichat, mas este não era um inquérito como os outros. Como se tratava de Lognon, poder-se-ia dizer que tinha um caráter menos profissional.

No hospital, ele havia pensado principalmente no inspetor e se deixara impressionar pela enfermeira-chefe, pelo professor, pelas salas onde os doentes enfileirados o seguiam com os olhos.

O prédio da Avenue Junot não tinha elevador. Também não havia uma passadeira na escada, mas a madeira dos degraus, luzidios pelo uso, estava bem encerada, e o corrimão liso. Em cada andar havia dois apartamentos, e em algumas portas via-se uma placa de cobre com um nome.

Quando chegou no quarto andar, Maigret empurrou a porta, que estava apenas encostada, atravessou um vestíbulo muito sombrio e entrou numa sala de estar onde, sentado numa poltrona forrada com um tecido florido, o inspetor Chinquier fumava um cigarro.

– Estava esperando pelo senhor. Ela contou tudo?

– Contou.

– Ela mencionou o carro? Foi o que mais chamou minha atenção. Veja isso...

Chinquier levantou-se da poltrona e tirou do bolso três cartuchos brilhantes embrulhados num pedaço de jornal.

– Nós os achamos na rua. Se os tiros partiram do carro em movimento, o que parece provável, o atirador deve ter apontado a arma com o braço para fora da porta aberta. Como o senhor pode ver é um calibre 7.63.

Chinquier era um policial sério, que conhecia sua profissão.

– Talvez tenha usado uma pistola, uma Mauser automática, uma arma pesada que se enfia numa bolsa ou no bolso da calça. Dá para entender?

Aquilo cheirava a um profissional, e ele devia ter pelo menos um cúmplice no volante do carro, porque não atirara enquanto dirigia. Em geral, um amante ciumento não contrata colegas para ajudá-lo a matar o rival. Além do mais, haviam apontado para a barriga.

Isso certamente é mais seguro do que apontar para o peito, porque um homem raramente consegue sobreviver com os intestinos perfurados em dezenas de lugares por uma bala de grande calibre.

– Examinou o apartamento?

– Preferi deixar para o senhor...

Este inquérito tinha outra peculiaridade que incomodava Maigret. Ele havia sido iniciado pelos inspetores do bairro. Ora, se eles gostavam de zombar de Lognon quando estava em cima das duas pernas, nem por isso haviam deixado de atirar num colega. Nessas condições, o comissário não podia afastá-los para tratar do caso sozinho.

– Esse cômodo até que é bonito, não acha?

Um pouco de sol, e ele ficaria ainda mais agradável. As paredes estavam pintadas de um amarelo vibrante, o assoalho envernizado, e no centro havia um tapete amarelo, mais claro. Os móveis, bem modernos, haviam sido escolhidos com bom gosto, e formavam ao mesmo tempo a sala de jantar e a sala de estar, onde não faltavam nem a televisão nem o toca-discos...

Em cima da mesa de jantar havia uma cafeteira elétrica, uma xícara com um resto de café, um açucareiro e uma garrafa de conhaque, o que Maigret notara assim que entrara.

– Só uma xícara... – resmungou. – Você não tocou nela, Chinquier? Telefone para o Quai e peça que mandem o pessoal do laboratório.

Maigret não tirara o sobretudo e recolocara o chapéu na cabeça. Uma das poltronas estava virada para a janela, próxima a uma mesinha de centro, e sobre ela havia um cinzeiro com seis ou sete pontas de cigarros.

Duas portas davam para a sala de estar. A primeira dava acesso à cozinha, que estava limpa e arrumada, e que parecia muito mais uma daquelas cozinhas de exposições do que as que se veem geralmente nos antigos prédios de Paris.

A segunda porta dava para o quarto de dormir. A cama estava desarrumada. O travesseiro, o único travesseiro, ainda apresentava a marca redonda de uma cabeça. Um penhoar de seda azul-claro estava jogado sobre o respaldar de uma cadeira, um casaco de pijama de mulher, da mesma cor, estava largado no chão, e a calça do pijama também estava jogada no chão, perto de um armário.

Chinquier voltou.

– Falei com Moers. Ele vai mandar a equipe imediatamente. O senhor teve tempo de dar uma olhada? Abriu o armário?

– Ainda não...

Maigret o abriu. Cinco vestidos pendurados nos cabides, um casaco de inverno forrado de pele e dois tailleurs, um bege e o outro azul-marinho. Algumas malas haviam sido colocadas na parte superior.

– O senhor está entendendo o que eu quis dizer? Parece que ela não levou nenhuma mala. E o senhor vai ver que a roupa de baixo está bem-arrumada na cômoda.

Pela janela, era possível ver uma parte do panorama de Paris, mas hoje avistava-se apenas o céu cinzento do qual a chuva continuava caindo. Num dos lados da cama, uma porta aberta dava para o banheiro, e lá também não faltava nada, nem a escova de dente nem os cremes de beleza.

Julgando pelo apartamento, Marinette Augier era uma pessoa de bom gosto, que passava uma boa parte do tempo em casa e gostava do seu conforto.

– Esqueci de perguntar à zeladora se ela cozinhava em casa ou costumava comer fora – lembrou-se Maigret.

– Eu perguntei. Ela sempre comia em casa.

Na geladeira havia, entre outras coisas, a metade de um frango já cozido, manteiga, queijo, frutas, duas garrafas de cerveja e uma de água mineral. No quarto, em cima da mesinha de cabeceira, havia outra garrafa de água, aberta.

O cinzeiro em cima da mesinha de cabeceira chamou a atenção do comissário, porque nele havia duas pontas de cigarro com marcas de batom.

– Ela fumava cigarros americanos.

– Enquanto na sala de estar fumaram Gitanes Caporal franceses, não é mesmo?

Os dois homens se entreolharam. Eles haviam tido a mesma ideia.

– Julgando pelo estado da cama, parece que ninguém se dedicou a folguedos amorosos na noite passada.

Apesar do drama, era difícil deixar de sorrir com a ideia do inspetor Sem Sorte às voltas com uma esteticista jovem e bonita.

Teriam brigado? Lognon, mal-humorado, se refugiara no cômodo do lado, no fundo de uma poltrona, e teria fumado um cigarro depois do outro, enquanto sua amante estava deitada na cama?

Alguma coisa estava errada, e Maigret percebeu, mais uma vez, que não conduzia esse caso com sua lucidez habitual.

– Sinto muito, Chinquier, mas esqueci de fazer uma pergunta e vou ter que pedir a você para descer outra vez. Eu quero saber se, quando subiu, a zeladora viu se a luz estava acesa na sala de estar.

– Eu posso responder a essa pergunta. A luz estava acesa no quarto e a porta estava aberta. Mas a luz estava apagada nos outros cômodos.

Eles voltaram juntos para a sala de estar, onde as duas portas envidraçadas se abriam para uma sacada que rodeava toda a fachada do prédio, como havia no último andar de muitos prédios antigos de Paris.

Apesar do dia encoberto, podia-se adivinhar, mais do que se ver, a Torre Eiffel, os campanários das igrejas e as fumaças que saiam das chaminés das centenas de tetos laqueados pela chuva.

Maigret conhecera a Avenue Junot quando começara na polícia. Naquela época, o traçado da avenida ainda não estava completamente terminado, e havia apenas alguns imóveis entre os terrenos desocupados e os jardins. O primeiro morador, um pintor, mandara construir uma espécie de *hôtel particulier** considerado muito moderno para seu tempo.

Outros seguiram seu exemplo, um escritor, uma cantora de ópera... e a Avenue Junot tornou-se um ponto elegante.

Das portas envidraçadas, o comissário avistava vários prédios que haviam terminado encostados uns aos outros. Pelo seu estilo, aquele em frente, de dois andares, devia ter uns quinze anos.

---

* Prédios de vários andares situados no meio de um jardim e caracterizados pelo elevado luxo e grandes dimensões que, inicialmente, foram construídos, no século XVIII, para a nobreza e a alta burguesia, e destinados a receberem uma única família e sua criadagem doméstica. (N.T.)

Pertenceria a um pintor, como parecia indicar o segundo andar quase todo envidraçado? As cortinas escuras fechadas deixavam apenas uma fresta de trinta a quarenta centímetros de largura.

Se naquele instante alguém tivesse perguntado ao comissário em que estava pensando, ele teria dificuldade para responder. Maigret registrava. Em desordem. A esmo. Ora olhava para fora, ora para o apartamento, com a certeza de que em algum momento algumas imagens se juntariam e fariam sentido.

Ouviram-se barulhos na rua, passos pesados na escada, vozes, baques.

Era a equipe da Polícia Judiciária que chegava com seus instrumentos. Moers fizera questão de vir pessoalmente.

– Onde está o corpo? – perguntou, com aqueles olhos azuis sempre um pouco espantados por detrás das lentes grossas dos óculos.

– Não tem corpo nenhum. Chinquier não disse nada para você?

– Vim o mais rápido que pude... – desculpou-se Moers.

– É Lognon, ele levou um tiro no instante em que saía desta casa.

– Morreu?

– Levaram-no para o hospital. Talvez sobreviva. Ele passou parte da noite neste apartamento com uma mulher. Eu quero saber se há impressões digitais no quarto de dormir ou somente neste aposento. Tire todas as impressões digitais que encontrar. Desce comigo, Chinquier?

Ele esperou até chegarem no corredor do andar térreo para murmurar:

– Talvez fosse bom interrogar os inquilinos e os vizinhos. Com esse tempo, é pouco provável que alguém estivesse na janela no momento dos tiros, mas nunca se sabe...

– Também é possível que a jovem Marinette tenha tomado um táxi e, nesse caso, não será difícil encontrar o motorista. Ela certamente foi pegar um na Place Constantin-Pecqueur, lá passam mais táxis do que no alto da ladeira. Você e seus colegas conhecem o bairro melhor do que eu...

Maigret deu um suspiro e apertou a mão de Chinquier:

– Boa sorte!

O comissário empurrou a porta envidraçada. O marido decidira ir dormir, porque se ouvia sua respiração regular atrás da cortina.

– O senhor precisa de mais alguma coisa? – sussurrou Angèle Sauget.

– Não. Só preciso dar um telefonema, mas ligarei de outro lugar. Prefiro deixá-lo dormir...

– Não o leve a mal. Ele fica insuportável quando não dorme as horas que precisa. O sonífero que dei para ele começa a fazer efeito.

– Por favor, caso a senhora se lembre de um detalhe que tenha esquecido, telefone para a P.J.

– Isso me surpreenderia, mas prometo que telefonarei. Se pelo menos esses jornalistas e fotógrafos fossem embora! São eles que atraem os bisbilhoteiros.

– Vou tentar afastá-los.

Como Maigret esperava, e apesar dos policiais, eles avançaram para cima dele assim que pisou na calçada.

– Escutem, neste momento eu sei tanto quanto os senhores. O inspetor Lognon foi agredido por desconhecidos enquanto estava de serviço.

– De serviço? – gritou uma voz zombeteira.

– Eu disse enquanto estava de serviço, e o repito. Ele foi gravemente ferido, foi operado pelo professor Mingault, no hospital Bichat, mas só poderá falar daqui a várias horas, ou talvez vários dias. Até lá, só podemos fazer conjecturas. Em todo o caso, aqui não há mais nada para ver, mas talvez eu tenha novidades para vocês no Quai des Orfèvres hoje à tarde.

– O que o inspetor estava fazendo neste prédio? É verdade que uma moça desapareceu?

– Até mais tarde!

– O senhor não quer responder?

– Não sei de nada.

E desceu a rua com a gola do sobretudo levantada, as mãos enfiadas nos bolsos. Dois ou três cliques o preveniram que tiravam fotografias dele, mas quando se virou os jornalistas começavam a se dispersar.

Quando chegou à Rue Caulaincourt, entrou no primeiro bistrô que encontrou, onde, porque acabara de sentir um arrepio, pediu um grogue.

– Por favor, pode me dar três fichas de telefone?

– Três?

Antes de entrar na cabine telefônica bebeu um grande gole do grogue, e seu primeiro telefonema foi para o hospital Bichat. Como esperava, foi transferido para vários setores antes que a enfermeira-chefe atendesse no outro lado da linha.

– Não, não morreu. Um enfermeiro está com ele neste instante, e um dos seus inspetores está do lado de fora, no corredor. Ainda não podemos prever nada. Bom, preciso desligar, outro dos seus homens acaba de entrar na minha sala.

Resignado, Maigret desligou e ligou para o Quai.

– Lapointe já voltou?

– Ele estava tentando falar com o senhor na Avenue Junot. Vou passá-lo.

Pelo vidro da cabine telefônica, Maigret via o balcão de estanho, o dono em mangas de camisa e dois operários de uma construção para quem servia dois grandes copos de vinho tinto.

– É o senhor, chefe? Encontrei o salão de beleza imediatamente, era o único na Avenue Matignon. É uma loja luxuosa, onde trabalha um tal de Marcellin, de quem as moças falam com um respeito cheio de admiração. Marinette Augier não foi trabalhar hoje, o que surpreendeu suas colegas porque parece que ela é uma pessoa muito pontual e responsável.

"Ela não comentou nada com ninguém sobre seu relacionamento com o inspetor. Tem um irmão, ele é casado e mora em Vannes, mas ninguém sabe seu endereço. Trabalha numa companhia de seguros, e Marinette às vezes telefonava para ele no escritório. A companhia de seguros é La Fraternelle. Procurei na lista telefônica. Fica na Rue Le Pelletier... Eu não quis passar lá antes de falar com o senhor...

– Janvier está aí?

– Está datilografando um relatório.

– Pergunte a ele se é urgente. Eu quero que você vá dormir para estar em forma quando eu precisar de você.

Fez-se silêncio do outro lado da linha. Depois, ouviu-se a voz resignada de Lapointe:

– Ele disse que não é urgente.

– Então, o coloque a par da situação. Diga a ele para ir à Rue Le Pelletier e que tente descobrir onde Marinette pode ter se escondido.

Outros fregueses entraram no pequeno bar, fregueses de todos os dias, que eram servidos sem que se perguntasse o que queriam beber. Alguns haviam reconhecido Maigret e lançavam olhares curiosos para a cabine telefônica envidraçada.

Ele precisou procurar o número de telefone de Lognon. Como esperara, a sra. Maigret atendeu.

– Onde você está? – perguntou ela.

– Shhhh!... Não diga a ela que estou a dois passos daí... Como ela está?

Maigret entendeu a hesitação da sua mulher.

– Presumo que esteja deitada e que se sente pior do que o marido?

– Sim.

– Você preparou alguma coisa para ela comer?

– Depois que fiz as compras no bairro.

– Ela pode ficar sozinha?

– Se dependesse dela, não ficaria.

– Goste ou não, diga a ela que preciso de você e depois me encontre o mais rápido que puder no restaurante Chez Manière.

– Vamos almoçar juntos?

Ela não acreditava no que estava ouvindo. Embora às vezes saíssem para jantar fora num restaurante aos sábados e domingos à noite, raramente almoçavam fora, ainda mais durante um inquérito.

O comissário foi terminar seu grogue no balcão, e ao seu redor as vozes já não falavam com a mesma naturalidade. Era o preço que tinha que pagar pela publicidade que os jornais faziam contra a sua vontade e que muitas vezes complicava seu trabalho.

Alguém disse sem olhar para ele:

– É verdade que uns gângsteres abateram o Sem Graça?

E outro, misterioso:

– Se forem gângsteres de verdade...

O que significava que os boatos sobre um relacionamento entre o inspetor e Marinette já se espalhavam pelo bairro. Maigret pagou e, seguido por todos os olhares, saiu do bistrô e dirigiu-se para o restaurante Chez Manière.

Era uma brasserie, ao lado de uma escadaria de pedra, que outrora fora muito frequentada pelas celebridades do bairro e onde ainda era possível encontrar atrizes, escritores e pintores. Como ainda era muito cedo para os frequentadores habituais, a maioria das mesas estava desocupada, e apenas quatro ou cinco fregueses se acotovelavam no bar.

Maigret tirou o chapéu e o sobretudo molhado e, com um suspiro de satisfação, deixou-se cair pesadamente na bancada perto da vidraça.

Ele teve tempo para dar uma cachimbada, o olhar sonhador, antes de ver a sra. Maigret atravessar a rua segurando o guarda-chuva como se fosse um escudo.

– Encontrar você aqui me dá uma sensação estranha... A última vez que estivemos aqui foi numa noite, depois do teatro, há pelo menos quinze anos... lembra?

– Sim... o que você quer comer? – perguntou, passando o cardápio para ela.

– Você, eu já sei que vai pedir salsichas *andouillette** com batatas fritas... Posso me permitir uma pequena loucura e pedir a lagosta com maionese?

Eles esperaram que as entradas e o vinho do Loire fossem servidos. Não tinham vizinhos. A vidraça embaçada criava uma atmosfera de intimidade.

– Estou com a leve impressão de ser um dos seus colaboradores... Quando você telefona para avisar que não vem almoçar em casa é assim que imagino você, com Lucas ou com Janvier...

– Isso quando não estou no meu escritório e tenho que me contentar com sanduíches e um copo de cerveja. Conta.

– Eu não quero parecer maldosa.

– Seja sincera.

---

* Salsicha feita de intestinos de porco. (N.T.)

– Você me falou dela e do marido muitas vezes... Sentia pena dele, e eu quase achava que você estava sendo injusto.

– E agora?

– Não sinto mais tanta pena dele, embora ele certamente não seja culpado. Quando cheguei, ela estava deitada, rodeada pela zeladora e uma velha vizinha que tem a mania de desfiar um rosário o dia inteiro. Elas haviam chamado o médico porque, pela sua aparência, achavam que ela ia morrer.

– Ela ficou surpresa com sua visita?

– Sabe qual foi a primeira coisa que ela disse?

" – Agora seu marido não poderá mais persegui-lo. Tenho certeza de que ele vai se arrepender de nunca ter deixado Charles entrar no Quai des Orfèvres."

– No início não me senti à vontade. Por sorte o médico chegou, um velhinho calmo, com um olhar irônico... A zeladora foi embora. A velha me acompanhou até a sala de jantar, sempre com o rosário na mão.

"– Pobre mulher! Não valemos nada! Quando penso em tudo o que acontece à nossa volta quase não tenho coragem para me arriscar a sair na rua."

– Perguntei se a sra. Lognon estava gravemente doente, e ela me respondeu que ela mal conseguia ficar em pé, que sem dúvida deviam ser os ossos...

Eles não puderam deixar de sorrir, desfrutando, tanto um como o outro, a intimidade daquela refeição numa atmosfera diferente daquela do Boulevard Richard-Lenoir. Principalmente a sra. Maigret, que estava superexcitada, com olhos mais brilhantes do que de costume, e cujo rosto se animava à medida que falava.

Quando almoçavam ou jantavam em casa, Maigret era quem costumava falar mais, porque ela não tinha nada de interessante para contar. Desta vez, ela estava consciente de ser de alguma utilidade para ele.

– Isso interessa você?

– Muito. Continue.

– Quando a consulta terminou, o médico fez sinal para acompanhá-lo até o vestíbulo, onde conversamos em voz baixa. Primeiro, me perguntou se eu era realmente a esposa do comissário Maigret, e pareceu espantado com a minha presença ali.

– Expliquei a ele que... Bom, você pode imaginar o que eu disse... e ele respondeu baixinho:

"– Entendo como se sente. É muita generosidade da sua parte... Mas, permita que lhe dê um aviso... Não posso afirmar que ela tem uma saúde de ferro, mas posso garantir que não tem nenhuma doença grave... Trato dela há dez anos... e não sou o único!

"Ela costuma chamar um ou outro dos meus colegas com regularidade porque quer que um de nós descubra a qualquer preço que tem alguma doença grave. Mas, quando menciono que deveria consultar um psiquiatra ou um neurologista, ela fica indignada e começa a gritar que não é louca e que eu não entendo nada da minha profissão.

"Talvez tenha ficado decepcionada com seu casamento. De qualquer forma, ela culpa o marido de ser apenas um simples inspetor de bairro.

"Então ela se vinga fingindo que está doente e obrigando-o a cuidar dela, da casa, e a levar uma vida impossível.

"Foi ótimo que a senhora tenha passado hoje de manhã. Mas se for condescendente demais ela usará todos os meios possíveis para prendê-la aqui.

"Telefonei para o Bichat na sua presença e repeti que seu marido tinha uma grande probabilidade de sobreviver. Exagerei um pouco... Mas isso não tem muita importância, porque não é do marido que ela sente pena, mas dela mesma."

Trouxeram as salsichas com batatas fritas e meia lagosta fria com guarnição de maionese. Maigret encheu os copos.

– Quando você telefonou, e eu avisei que precisava sair por uma ou duas horas, ela comentou, amargurada:

"– Seu marido precisa da senhora, é claro. Os homens são todos iguais..."

Depois, mudou completamente de assunto:

"– Com essa pensão, quando eu ficar viúva não poderei mais manter este apartamento onde moro há 25 anos."

– Ela não mencionou a existência de uma mulher na vida de Lognon?

– Ela só disse que a profissão de policial é repugnante, porque os homens frequentam todo tipo de gente, prostitutas inclusive.

– Você tentou saber se Lognon se comportou de modo diferente nestes últimos tempos?

– Ela respondeu:

"– Desde que fiz a besteira de casar com ele, ele afirma periodicamente que está tratando de um caso importante que o colocará no centro das atenções e obrigará seus chefes a darem a ele o lugar que merece. No início acreditei, me alegrei com ele...

"No final, o caso importante dava em nada, ou então outro colega ficava com os louros."

E a sra. Maigret acrescentou, mais animada do que o marido jamais a vira:

– É melhor eu dizer logo que, do jeito como ela me olhou quando disse isso, era evidente que era você quem ficava com os louros e mais ninguém. Quanto ao seu comportamento nos últimos tempos, ela se queixou que ele era convocado para trabalhar de noite mais vezes do que o necessário. Isso é verdade?

– Quem pedia para trabalhar de noite era ele.

– Ele não contou nada para ela... Há quatro ou cinco dias avisou que não demoraria a ter novidades, e que dessa vez sua fotografia sairia nas primeiras páginas dos jornais, quisessem ou não.

– Ela não tentou saber mais?

– Ela não acreditou, e acho que até zombou dele. Espera! Ela acrescentou algo que chamou minha atenção. Lognon disse para ela:

"– As pessoas não são sempre o que aparentam, e se a gente pudesse ver através das fachadas teríamos algumas surpresas estranhas."

Eles foram interrompidos pelo dono do restaurante que viera cumprimentá-los e oferecer um licor com o café. Quando ficaram sozinhos novamente, a sra. Maigret perguntou, um pouco ansiosa:

– Fui de alguma utilidade para você? Isso vai ajudar você?

Maigret não respondeu imediatamente porque, enquanto acendia o cachimbo, ele trabalhava numa ideia ainda um pouco imprecisa.

– Você ouviu o que eu disse?

– Ouvi. O que você acaba de me contar certamente irá mudar o curso do inquérito.

Ela olhou para ele, ainda incrédula, mas feliz. Esse almoço no restaurante Chez Manière permaneceria como uma das suas lembranças mais belas.

CAPÍTULO III

Os amores de Marinette

A chuva começava a cair com menos força que pela manhã, sem aquelas rajadas raivosas que pegavam as pessoas de surpresa, e Maigret, ao olhar para fora, prolongou um pouco mais aquele almoço de um encanto tão excepcional.

Se Lognon pudesse vê-los, ele teria mais uma oportunidade para dar vazão à sua amargura.

"Enquanto estou sofrendo em cima de uma cama de hospital, os outros aproveitam para se oferecerem um almoço de namorados no restaurante Chez Manière, e falam da minha pobre mulher como se ela fosse uma megera ou uma doida..."

Uma ideia, não obrigatoriamente original nem profunda, passou pela cabeça de Maigret:

"É curioso como a suscetibilidade das pessoas muitas vezes complica mais a nossa existência do que suas verdadeiras falhas ou mentiras... "

O que era verdade, principalmente na sua profissão. Maigret lembrava de inquéritos que haviam se prolongado durante vários dias, às vezes até várias semanas, porque não ousara fazer uma pergunta brutal ao seu interlocutor, ou porque este se recusara a falar sobre certos assuntos.

– Você vai voltar para o escritório?

– Antes vou passar na Avenue Junot. E você?

– Eu acho que se a deixar sozinha ela é capaz de acusar você de tê-la abandonado sem cuidados enquanto seu marido está moribundo por causa da sua devoção à polícia.

Era verdade. A sra. Lognon, a quem o primeiro nome Solange caía tão mal, seria capaz de se queixar na frente dos repórteres, que não demorariam a tocar na sua porta, e só Deus sabe o que isso daria nos jornais.

– Mas você não pode passar os dias e as noites na casa dela até que ele se recupere. Tente combinar alguma coisa com a velha do rosário.

– Ela se chama srta. Papin.

– Ela certamente aceitará ficar algumas horas no apartamento em troca de algum dinheiro. Em último caso, contrate uma enfermeira.

Quando saíram do restaurante, a chuva se reduzira a alguma gotas que caíam aqui e ali, e eles se despediram na Place Constantin-Pecqueur. Enquanto subia lentamente pela Avenue Janot, Maigret viu o inspetor Chinquier sair de um prédio e tocar a campainha no prédio vizinho.

Esse era outro trabalho tão delicado quanto decepcionante. As pessoas que estavam tranquilamente nas suas casas, cuidando dos seus pequenos afazeres, eram incomodadas, e só de ouvirem a palavra "polícia" ficavam inquietas ou agitadas.

"– Eu queria saber se, na noite passada..."

Todos já sabiam que ocorrera uma tentativa de assassinato na rua. Suspeitariam uns dos outros? E confessar para um desconhecido o que haviam feito na noite anterior não era às vezes desagradável?

Apesar disso, Maigret teria preferido estar no lugar de Chinquier só para conhecer melhor a rua e sua vida íntima, o que o teria ajudado a situar o drama e, quem sabe, entendê-lo.

Infelizmente, esse era um trabalho que um comissário superintendente não podia se permitir executar pessoalmente, e ele já recebera muitas reclamações porque se ausentava demais da sua sala ao invés de comandar seus homens de lá.

Diante da porta do prédio de Marinette havia apenas um policial de guarda. A mancha de sangue ainda era perceptível na calçada. Alguns transeuntes paravam, porém sem formar grupos, e os jornalistas haviam desaparecido.

– Alguma novidade?

– Nenhuma, senhor comissário superintendente. As coisas se acalmaram.

Na portaria, os Sauget permaneciam à mesa... O porteiro da noite do Palace, sempre com a barba por fazer, continuava vestido naquele penhoar horroroso.

– Não se incomode em... Vou um instante até o quarto andar, mas antes queria fazer uma ou duas perguntas rapidamente... A srta. Augier tem carro?

– Ela comprou uma lambreta há dois anos e vendeu-a dois ou três meses depois por causa de uma batida...

– Onde costuma passar as férias?

– No verão passado esteve na Espanha, e voltou tão bronzeada que não a reconheci imediatamente.

– Sozinha?

– Pelo que me disse, foi com uma amiga.

– Ela costumava receber amigas com frequência?

– Não. Além do namorado, sobre quem já falei com o senhor, e o inspetor que a visitava nesses últimos tempos, ela levava uma vida bastante solitária.

– E aos domingos?

– Ela costumava viajar no sábado de tarde e voltar na segunda-feira de manhã. Os salões de beleza fecham nas segundas-feiras de manhã.

– Então, ela não devia ir muito longe?

– Eu só sei que ia nadar. Ela costumava contar que passava várias horas dentro da água.

Maigret subiu a pé os quatro andares, passou quase quinze minutos abrindo gavetas e armários, examinando as roupas, a roupa de baixo e os pequenos objetos que revelavam a personalidade e os gostos de uma pessoa.

Embora nada fosse muito caro, tudo havia sido escolhido com esmero. Ele encontrou uma carta, datada de Grenoble, que lhe escapara de manhã. A caligrafia era de um homem, o texto era carinhoso e divertido, e somente quando leu as últimas linhas Maigret percebeu que a carta era do pai de Marinette.

"... Sua irmã está grávida de novo", e seu marido-engenheiro está mais orgulhoso do que se tivesse construído a maior barragem do mundo. Quanto à sua mãe, ela continua se debatendo no meio de uns quarenta fedelhos, e traz um bom fedor de xixi de criança para casa de noite..."

Uma fotografia de casamento, provavelmente da irmã, datada de alguns anos atrás. Como é costume nesse tipo de fotografia, os pais se apertavam ao redor do casal, rígidos e desajeitados, junto com um homem jovem e sua esposa, um menininho de três anos e, por fim, uma pessoa de olhos vivos e brilhantes que devia ser Marinette.

Maigret enfiou a fotografia no bolso. Pouco depois, um táxi o levava até o Quai, onde reencontrou seu escritório, de onde saíra à uma da manhã, depois de se obstinar horas a fio em esclarecer a história do assalto.

Ele nem teve tempo para tirar o sobretudo quando Janvier bateu na porta.

– Falei com o irmão, chefe. Ele estava no seu escritório da Rue Le Pelletier, onde tem um cargo importante.

Maigret mostrou a fotografia de casamento para ele.

– É este aqui?

Sem hesitar, Janvier apontou para o pai do menininho.

– Ele já sabia o que aconteceu ontem à noite?

– Não. Os jornais acabam de sair. Ele disse imediatamente que certamente se tratava de um erro, que sua irmã não tinha o hábito de fugir ou se esconder.

"– Ela é tão franca que às vezes reclamo com ela, porque nem todos gostam disso."

– Você não teve a impressão de que estava escondendo alguma coisa?

Maigret sentou, remexeu nos cachimbos, escolheu um, e começou a enchê-lo devagar.

– Não. Ele me deu a impressão de ser um rapaz muito correto. Ele me forneceu imediatamente as informações sobre sua família. O pai é professor de inglês num liceu de Grenoble e a mãe, diretora de um Jardim de Infância. Ele tem outra irmã em Grenoble, casada com um engenheiro que a engravida uma vez por ano.

– Eu sei...

Maigret não mencionou que pegara a carta que encontrara numa das gavetas.

– Depois de passar no vestibular, Marinette decidiu morar em Paris, onde começou a trabalhar como estenógrafa e datilógrafa para um advogado. Mas ela não gostou de trabalhar num escritório e seguiu um curso de esteticista. Segundo o irmão, seu sonho é ter um salão de beleza um dia.

– E o noivo?

– Ela realmente ficou noiva. O rapaz, que se chama Jean-Claude Ternel, é filho de um industrial parisiense. Marinette o apresentou ao irmão. Ela pensava em levá-lo para Grenoble e apresentá-lo aos pais.

Quando ocorre um crime, o fato de haver somente pessoas normais na sua frente é desencorajador. Termina-se sempre se perguntando por que e como eles estão envolvidos naquele drama.

– O irmão sabe que Jean-Claude costumava passar muitas noites aqui?

– Ele não se alongou nesse ponto, mas deu a entender que embora, como irmão, ele não pudesse aprovar, estava bastante atualizado para não condenar a irmã.

– Em resumo: uma família exemplar! – resmungou Maigret.

– Eu o achei muito simpático.

O apartamento da Avenue Junot, que devia refletir a personalidade de Marinette, também era simpático.

– Mesmo assim, preciso falar com ela o quanto antes. O irmão esteve com ela recentemente?

– Na semana passada não, mas na outra. Quando ela não ia passear no campo, ela passava as tardes de domingo na casa do irmão e da cunhada. Eles moram em Vannes, do lado do parque municipal, o que, como disse François Augier, é muito prático por causa das crianças.

– Ela não comentou nada com eles?

– Por acaso, ela disse que havia conhecido um cara surpreendente e que logo teria uma história extraordinária para contar. A irmã implicou com ela.

– Outro noivo?

Janvier parecia sem jeito por ter apenas notícias tão banais para dar.

– Ela jurou que não, que uma experiência era suficiente.

– Por que rompeu com Jean-Claude?

– Ela acabou percebendo que era um fracote, que era incapaz de fazer um esforço, e que no fundo não estava tão deslumbrado assim com o noivado. Ele foi reprovado duas vezes no vestibular. Depois, o pai mandou-o para a Inglaterra, para a casa de um amigo, mas não deu muito certo. No final, acabou empregando o filho num dos escritórios de Paris, mas não está nada satisfeito com seu trabalho.

– Você poderia verificar a que horas partiu um trem para Grenoble ontem à noite ou hoje de manhã?

Isso não deu nenhum resultado. Se Marinette tivesse tomado o primeiro trem ela já estaria na casa dos pais. Mas nem o pai, com quem conseguiram falar no Liceu, nem a mãe a haviam visto.

Como sempre, foi preciso fornecer explicações delicadas para não inquietar aquelas boas pessoas.

– Claro que não... claro que não aconteceu nada com ela... pode ficar tranquila sra. Augier... Sua filha testemunhou um crime ontem à noite por acaso... Não! Não na casa dela... Na Avenue Junot... Eu ainda não sei por que, mas ela preferiu desaparecer por algum tempo. Pensei que talvez tivesse se refugiado na sua casa.

Maigret desligou o telefone e voltou-se para Janvier.

– Ufa! O que mais poderia dizer? Lapointe interrogou as moças do salão de beleza hoje de manhã, e nenhuma delas sabe para onde Marinette ia aos domingos. Ela foi embora debaixo de chuva sem levar nenhuma bagagem nem uma muda de roupa. Ela deve saber que se for para um hotel será identificada imediatamente.

"Ou ela foi para a casa de uma amiga em quem tem absoluta confiança ou então para um lugar que conhece bem, um lugar discreto, como uma pensão no subúrbio, por exemplo.

"Ela adora nadar... Mas é pouco provável que possa ir todas as semanas para a praia com o que ganha... Há mil recantos possíveis, na margem do Sena, do Marne, ou do Oise...

"Vá ver esse tal de Jean-Claude e tente descobrir onde os dois costumavam ir."

Na sala vizinha, Moers, que havia trazido uma caixinha de papelão contendo as balas e os três cartuchos, aguardava sua vez.

– O especialista confirmou, chefe. É realmente um calibre 7.63, e ele tem quase certeza de que é um Mauser.

– E as impressões digitais?

– Não sei o que o senhor vai achar disto. Encontraram as impressões digitais do inspetor Lognon espalhadas pela sala de estar, inclusive nos botões do rádio.

– E nos botões da televisão não?

– Não. Na cozinha, ele abriu a geladeira e pegou uma lata de metal com café em pó. Encontraram também impressões digitais na cafeteira elétrica. Por que está sorrindo? Eu disse alguma besteira?

– Não. Continue.

– Lognon usou um copo e uma xícara. Quanto à garrafa de conhaque, encontraram as impressões digitais do inspetor e da moça.

– O quarto de dormir?

– Nenhum vestígio de Lognon. Não havia nem um fio de cabelo dele no travesseiro, mas encontraram um de mulher. Também não havia o menor rastro de lama, embora, pelo que me contaram, Lognon tenha chegado na Avenue Junot debaixo de uma chuva torrencial.

Moers e sua equipe não omitiam nenhum detalhe.

– Parece que ele ficou muito tempo sentado na poltrona, a que fica de frente para a porta envidraçada. Acho que foi nesse momento que ligou o rádio. Num outro momento, abriu a porta, e deixou impressões digitais magníficas na maçaneta, e no balcão encontrei uma ponta dos cigarros que ele costuma fumar. O senhor continua sorrindo...

– Por que isso confirma a ideia que me veio à mente há pouco enquanto minha mulher falava comigo.

Tudo não levava a crer que o Sem Graça, a quem sua esposa reduzira à escravidão, tinha, finalmente, oferecido a si mesmo uma aventura amorosa e que se consolava na Avenue Junot das horas insossas que passava no apartamento da Place Constantin-Pecqueur?

– Estou sorrindo, meu velho Moers, por causa da ideia repentina dos seus colegas de que Lognon é um Don Juan. Sabe, eu poderia jurar que não havia nada entre eles e quase o lamento por ele. Ele passava as noites no cômodo da frente, na sala de estar, a maioria das vezes ao lado da janela, e a jovem Marinette confiava nele o suficiente para ir dormir, apesar da sua presença. Achou mais alguma coisa?

– Um pouco de areia nos sapatos, sapatos de salto baixo, que ela devia usar quando ia ao campo. É areia de rio. Lá em cima temos centenas de amostras diferentes, mas precisaremos de muito tempo e um pouco de sorte para determinar de onde veio.

– Mantenha-me informado. Tem mais alguém me esperando na sala ao lado?

– Um inspetor do 18º *arrondissement*.

– Ele tem um bigodinho castanho?

– Sim, senhor.

– É Chinquier. Mande-o entrar quando sair.

A chuva recomeçava a cair, uma chuva fina, uma espécie de nevoeiro que suavizava a luminosidade. No céu, as nuvens, quase estacionárias, pouco a pouco se transformavam numa cúpula de um cinzento fechado.

– E então, Chinquier?

– Ainda não terminei com a rua, meus homens continuam investigando de porta em porta. Por sorte, cada lado não tem mais do que quarenta números. Mesmo assim significa que temos cerca de duzentas pessoas para interrogar.

– Os prédios que mais me interessam são os que ficam em frente.

– Se me der licença, senhor comissário, vou tratar disso daqui a pouco, porque acho que sei o que o senhor está pensando. Comecei pelos inquilinos do prédio de onde o pobre coitado do Lognon saiu. No andar térreo mora apenas um casal de velhos, os Guèbre, que estão no México há um mês, onde a filha casada mora...

Chinquier tirara um caderninho de anotações do bolso com várias páginas cheias de nomes e rabiscos. Com esse, Maigret também precisaria ir com cuidado para não melindrá-lo.

– Há dois apartamentos em cada um dos outros andares. No primeiro, mora a viúva Faisant, que trabalha como vendedora numa casa de modas, e os Lanier, um casal de aposentados, que saíram correndo para a janela logo depois dos tiros. Eles viram o carro se afastando, mas infelizmente não conseguiram enxergar o número da placa.

Com os olhos semicerrados, sem prestar muita atenção, Maigret de vez em quando dava uma baforada no cachimbo, e ouvia o relatório minucioso do inspetor como se fosse um ronronar.

Ele começou a aguçar os ouvidos quando ouviu o nome de um tal de Maclet, que morava no segundo andar do prédio em frente. De acordo com Chinquier, Maclet era um velho rabugento que se trancara em casa, não saía mais e se contentava em observar o mundo lá fora pelas janelas do seu apartamento com um olhar irônico.

– Seu reumatismo não permite mais que caminhe. Ele se arrasta com a ajuda de duas bengalas num apartamento imundo onde nenhuma faxineira tem o direito de entrar. Todos os dias a zeladora deixa na sua porta os mantimentos que ele pede por meio de um bilhete que deixa em cima do capacho.

"Ele não escuta rádio e não lê os jornais. A zeladora disse que é rico, embora viva praticamente na miséria. Ele tem uma filha, casada, que já tentou interná-lo várias vezes."

– Ele é louco mesmo?

– Espere. Eu tive muita dificuldade para conseguir que abrisse a porta e precisei ameaçá-lo que voltaria com um chaveiro. Quando finalmente concordou, ele me examinou dos pés à cabeça e disse com um suspiro:

"– Você não é um pouco jovem para essa profissão?

"Respondi que tinha 35 anos, e ele repetiu duas vezes:

"– Um garoto! Um garoto! O que se sabe quando se tem 35 anos? O que um garoto de 35 anos pode entender?"

– Ele contou alguma novidade?

– Ele falou principalmente do holandês que mora no prédio em frente. É aquele prédio que vimos da sacada hoje de manhã, o pequeno prédio com o segundo andar envidraçado, como se fosse o ateliê de um artista.

"O prédio foi construído há quinze anos por um tal de Norris Jonker, que hoje está com 64 anos, cuja mulher, parece que é lindíssima, é muito mais nova do que ele."

Mais uma vez, Maigret lamentava não poder executar esse trabalho pessoalmente. Ele teria gostado de conhecer esse velho misantropo reumático, que se retirara do mundo bem no meio de Paris, bem no centro de Montmartre, e passava o tempo observando as pessoas que moravam no prédio em frente.

– De repente ele ficou tagarela, e como tem a mania de mudar de assunto e fazer comentários enquanto fala, talvez eu não consiga repetir para o senhor tudo o que disse.

"Mais tarde fui ver o holandês, e é melhor falar dele primeiro... É um homem muito agradável, elegante, culto, de uma família muito rica e muito conhecida na Holanda. Seu pai dirigia o Banco Jonker, Haag e Cia. em Amsterdã. Ele nunca se interessou por finanças, passou vários anos viajando pelo mundo.

"Quando descobriu que só conseguia ser feliz em Paris, mandou construir aquele *hôtel particulier* na Avenue

Junot, e seu irmão, Hans, ficou com a direção do banco depois que o pai morreu. Agora, ele se limita a viver dos dividendos e a transformá-los em quadros."

– Em quadros? – repetiu Maigret.

– Parece que possui uma das mais belas coleções de Paris.

– Um momento! Quem abriu a porta quando você tocou a campainha?

– Um mordomo muito louro, com a pele muito rosada, bem jovem.

– Você avisou que era da polícia?

– Avisei. Ele não pareceu ficar surpreso, me convidou para entrar no vestíbulo e me ofereceu uma cadeira. Eu não entendo nada de pintura, mas consegui decifrar algumas assinaturas de artistas que não posso deixar de conhecer... Gauguin, Cézanne, Renoir... muitas mulheres nuas...

– Você esperou muito tempo?

– Uns dez minutos... A porta de dois batentes que fica entre o vestíbulo e o salão estava aberta, e vi uma moça, de cabelos pretos, ainda de penhoar, passar às três horas da tarde... Pode ser que eu me engane, mas tive a impressão de que ela veio ver quem eu era... Alguns minutos depois, o mordomo me conduziu através do salão para um escritório coberto de livros de cima abaixo.

"O sr. Jonker me recebeu vestido com uma calça comprida de flanela, uma camisa de seda aberta no peito e um paletó de veludo preto. Seus cabelos são muito brancos, e a tez do rosto é quase tão rosada como a do seu empregado.

"Em cima da escrivaninha havia uma bandeja com uma garrafa e copos.

"– Sente-se... pode falar... – disse, sem o menor sotaque."

Era evidente que o inspetor Chinquier ficara impressionado tanto pelo luxo da casa e pelos quadros como pela elegância do holandês.

– Confesso que não soube por onde começar... Perguntei se ouvira os tiros, e ele respondeu que não, que seu quarto ficava no outro lado da casa, do lado oposto da Avenue Junot, e que as paredes grossas não deixavam passar nenhum barulho.

"– Eu tenho horror ao barulho... – afirmou, antes de me oferecer um copo de um licor que eu desconhecia, um licor muito forte, com um leve sabor de laranja.

"– Mas o senhor deve ter sabido o que aconteceu na noite passada no prédio em frente?

"– Carl me contou quando trouxe o desjejum por volta das dez horas. Ele é meu mordomo, filho de um dos nossos fazendeiros. Ele disse que a Avenue Junot estava muito movimentada porque uns gângsteres haviam atirado num policial."

– Como ele estava? – perguntou Maigret, enchendo o cachimbo com fumo.

– Calmo, sorridente, de uma delicadeza inesperada para um homem que acaba de ser incomodado.

"– Se quiser interrogar Carl, ele está à sua disposição, mas ele também dorme do lado do jardim e disse que também não ouviu nada."

"– O senhor é casado, sr. Jonker?"

"– Sou. Foi uma surpresa desagradável para minha mulher quando soube o que acontecera a alguns metros da nossa casa."

Nessa altura do relato, Chinquier ficou um pouco perturbado.

– Eu não sei se agi corretamente, senhor comissário. Eu queria ter feito muitas outras perguntas. Mas não ousei, porque pensei que era mais urgente informar o senhor primeiro.

– Voltemos ao velho doente.

– Exatamente. Foi por causa dele que eu teria gostado de falar sobre certas coisas com o holandês. Porque uma das primeiras frases que Maclet disse, foi:

"– Inspetor, o que faria se estivesse casado com uma das mulheres mais belas de Paris?... Ha! Ha! O senhor não responde... E está longe de ter 64 ou 65 anos... Muito bem! Vamos formular a pergunta de outra forma. O que faz um homem dessa idade com uma criatura tão magnífica à sua disposição a qualquer hora do dia?...

"Ora, parece que o homem que mora em frente deve ter algumas ideias especiais a respeito. Eu durmo pouco... Nem as notícias políticas nem as catástrofes publicadas nos jornais e comentadas no rádio me interessam...

"Eu me divirto pensando... Está entendendo?... Eu olho pela janela e penso... Poucas pessoas sabem como é divertido pensar...

"Por exemplo, sobre esse holandês e sua mulher. Eles saem pouco, uma ou duas vezes por semana, ela de vestido longo, ele de smoking, raramente voltam depois da uma da manhã, o que significa que se limitam a jantar na casa de amigos ou a ir ao teatro...

"Nunca recebem convidados para jantar. Recebem mais para o almoço... Aliás, nunca almoçam antes das três horas da tarde...

"Como vê... a gente se distrai como pode... Observa... Adivinha... Junta as ideias uma depois de outra...

"Então, quando a gente vê uma moça bonita tocar a campainha da porta duas ou três vezes por semana por volta das oito da noite e só ir embora bem mais tarde, quando não de madrugada..."

Mais do que nunca, Maigret lamentava não ter interrogado esse velhinho original.

"– E tem mais, moço da polícia... Confesse que minhas tagarelices começam a interessar você... principalmente depois que eu acrescentar que a moça é sempre diferente...

"Em geral, elas chegam de táxi, às vezes a pé... Da minha janela, eu as vejo procurar o número do prédio, o que também faz sentido, não acha?...

"Isso quer dizer que alguém marcou um encontro com elas num certo endereço...

"Sabe, eu conheço as mulheres muito bem, e não fui sempre esse animal doente que se tranca na sua cova...

"Observe aquele poste de luz a cinco metros da porta... No seu trabalho, o senhor reconhece imediatamente as mulheres para quem o amor é uma profissão, não é mesmo?... E também reconhece aquelas que vivem, se podemos dizer assim, no limite, as dançarinas de cabaré, as figurantes de teatro ou de cinema, que não desprezam uma aventura lucrativa..."

Maigret ficou em pé de repente.

– Então, Chinquier, entendeu agora?

– Entendi o quê?

– Como tudo aconteceu com Lognon. Ele costumava passar a noite na Avenue Junot, onde conhecia a maioria dos moradores... Se ele viu as mulheres que você acabou de descrever entrarem várias vezes no prédio do holandês...

– Eu também pensei nisso. Mas não há nenhuma lei que proíba um homem, mesmo de certa idade, de variar.

Realmente, não era um motivo suficiente para que o Sem Graça procurasse, e encontrasse, um meio de observar o prédio sem ser visto.

– Deve haver uma explicação.

– Qual?

– Que ele esperou até uma dessas visitantes sair. Pode até ser que tenha esbarrado com uma prostituta com quem já tratara alguma vez...

– Entendo... Nem por isso as pessoas não são menos livres para...

– Isso depende do que estava acontecendo naquela casa, ou do que a mulher viu... E o que mais contou seu simpático velhinho?

Maigret se sentia cada vez mais atraído por aquele homenzinho estranho que ficava na janela.

– Perguntei a ele tudo o que me passou pela cabeça. Anotei as respostas.

Chinquier recorreu novamente ao seu caderno preto de anotações.

Pergunta: "– Aquelas mulheres vinham por causa do empregado?"

Resposta: "– Em primeiro lugar, o mordomo está apaixonado pela empregada da leiteria, aquela que fica lá embaixo na rua, uma pequena gorducha que explode de rir por qualquer coisa... Ela vem se encontrar com ele várias noites durante a semana... Fica a cerca de uns dez metros do prédio, eu posso mostrar o local exato a você, e pouco depois ele sai e vai se encontrar com ela..."

Pergunta: "– A que horas, mais ou menos?"

Resposta: "– Por volta das dez da noite... Desconfio que eles jantam tarde e que ele deve servir a mesa... Eles passeiam de braço dado, param para trocar um beijo e, antes de se despedirem, ficam um bom momento colados um no outro naquele vão que o senhor pode ver ali, à direita..."

Pergunta: "– Ele não a acompanha na volta?"

Resposta: "– Não. Ela desce pela rua sozinha, feliz, saltitando... Às vezes parece que vai começar a dançar... Mas há outro motivo por que é impossível que as mulheres que mencionei venham por causa do mordomo. Muitas vezes elas tocaram a campainha quando ele estava ausente..."

Pergunta: "– Quem abria a porta?"

Resposta: "– Pois é!... Essa é outra esquisitice muito divertida. Às vezes era o holandês, outras vezes sua mulher."

Pergunta: "– Eles têm carro?"

Resposta: "– Têm. Um carro americano, grande."

Pergunta: "– Motorista?"

Resposta: "– Carl veste o uniforme de motorista e dirige."

Pergunta: "– Na casa moram outros empregados?"

Resposta: "– Uma cozinheira e uma arrumadeira. As arrumadeiras mudam com frequência..."

Pergunta: "– Além dessas mulheres, o casal costuma receber muitas visitas?"

Resposta: "– Algumas... Aquele que vem mais vezes durante a tarde é um homem de uns quarenta anos, parece americano, e dirige um carro esporte amarelo."

Pergunta: "– Ele costuma ficar muito tempo?"

Resposta: "– Uma ou duas horas..."

Pergunta: "– Ele nunca vem de noite ou de madrugada?"

Resposta: "– No mês passado esteve lá duas vezes à noite por volta das dez horas, acompanhado de uma moça. Ele apenas entrou e saiu, deixando a companheira lá."

Pergunta: "– A moça era a mesma nas duas vezes?"

Resposta: "– Não."

Maigret imaginava o sorriso irônico e, ao mesmo tempo, voluptuoso do velhinho que descobria esses pequenos mistérios.

Resposta: "– Havia também um homem careca, ainda jovem, que chegava de táxi de noite e ia embora com pacotes."

Pergunta: "– Que tipo de pacote?"

Resposta: "– Poderiam ser quadros. Poderia ser qualquer coisa... E isso é mais ou menos tudo o que sei, senhor inspetor... Há anos que não falo tanto, e espero não precisar fazê-lo tão cedo... Vou avisando logo que não adianta mandar me chamar para que eu me apresente numa chefatura da polícia ou na sala de um juiz... E também não conte comigo para testemunhar no tribunal, se esse caso chegar a tanto...

"Conversamos... Contei ao senhor minhas ideiazinhas... A partir de agora elas lhe pertencem e eu me recuso a ser incomodado sob qualquer pretexto..."

Depois disso, Chinquier devia achar que os inspetores de bairro sabiam fazer seu trabalho muito bem.

– Mais tarde, depois que saí da casa do holandês, eu me perguntei se o homenzinho do prédio em frente não zombara de mim. Pensei que, se pudesse comprovar uma única coisa do que havia dito, conseguiria comprovar o resto.

"Então, fui até a leiteria. Esperei até a empregada ficar sozinha na loja. Era realmente a pequena gorducha que o velho Maclet descrevera, uma moça recém-chegada do campo, que ainda está deslumbrada por estar em Paris.

"Entrei, e perguntei a ela:

"– Você conhece um rapaz chamado Carl?"

Ela enrubesceu, olhou preocupada para a porta da entrada e respondeu num sussurro:

"– Quem é o senhor? O que tem com isso?

"– Eu só quero uma informação. Sou da polícia.

"– Ele está sendo acusado de alguma coisa?

"– Não. É apenas uma verificação. Vocês estão noivos?

"– Talvez a gente se case um dia, mas ele ainda não fez o pedido..."

"– Vocês se encontram várias vezes de noite durante a semana?

"– Quando posso...

"– Você espera por ele a alguns metros do prédio da Avenue Junot?

"– Quem contou isso para o senhor?

"Então, uma senhora corpulenta apareceu dos fundos da loja, e ela teve a presença de espírito de dizer em voz alta:

"– Não, senhor, o gorgonzola acabou, mas temos roquefort... é parecido."

Maigret sorriu.

– E você comprou o roquefort?

– Fingi que minha mulher só gostava de gorgonzola. E isso é tudo, senhor comissário. Não sei o que meus colegas contarão hoje à noite. O senhor tem notícias do pobre Lognon?

– Mandei ligar para o hospital ainda há pouco. Os médicos continuam em silêncio, e ele ainda não voltou a si. Ele receiam que a segunda bala, que o atingiu embaixo do ombro, tenha ferido o pulmão direito, mas no seu estado atual é impossível fazer uma radiografia.

– Eu me pergunto o que terá descoberto para atirarem nele... O senhor ficará tão surpreso quanto eu quando vir o holandês... Não consigo imaginar que um homem como ele...

– Chinquier, eu quero que faça uma coisa: depois que seus homens voltarem, e principalmente quando o pessoal da noite assumir seus postos, investiguem as mulheres. Você disse que algumas vinham a pé pela Avenue Junot, pode ser que morem no bairro. E quero que passem as boates a pente-fino. Segundo as descrições do seu inválido, eu não acredito que seja necessário procurar nas calçadas. Entendeu?

– Talvez descubramos uma que tenha estado na Avenue Junot...

Certamente teria sido ainda mais interessante se encontrassem Marinette Augier. Será que Moers e o pessoal do laboratório, com suas amostras de areia, lhe forneceriam, finalmente, alguma pista?

CAPÍTULO IV

A VISITA À CASA DO HOLANDÊS

– ALÔ! EMBAIXADA DOS Países Baixos...

A voz jovem e fresca tinha um leve sotaque que recordava as paisagens dos moinhos de vento, como aquelas que se viam nas latas de chocolate em pó.

– Por favor, eu queria falar com o primeiro-secretário.

– Quem vai falar?

– Comissário Maigret, da Polícia Judiciária.

– Um momento. Vou ver se senhor Goudekamp esta na sua sala.

Pouco depois Maigret ouvia a voz novamente.

– O senhor Goudekamp está numa conferência, mas vou passá-lo para o segundo secretário, senhor De Vries. Aguarde um instante, por favor.

Dessa vez quem atendeu foi uma voz de homem, menos fresca, é claro, que falava com um sotaque mais forte.

– Hubert de Vries, segundo-secretário da embaixada dos Países Baixos.

– Comissário superintendente Maigret, chefe da Brigada Criminal.

– Pode falar...

Do outro lado da linha, o senhor De Vries devia estar desconfiado e todo empertigado, e certamente era jovem ainda, porque era apenas o segundo-secretário, talvez louro, e um pouco bem-vestido demais, à moda do povo do Norte.

– Eu precisava de algumas informações a respeito de um dos seus cidadãos que mora em Paris há muito tempo e cujo nome o senhor deve conhecer muito bem.

– De onde está falando, sr. Maigret?

– Da minha sala no Quai des Orfèvres.

– Por favor, não me leve a mal, mas ligarei para o senhor de volta daqui a pouco.

Passaram-se cinco minutos antes que o telefone tocasse novamente.

– Peço desculpas, sr. Maigret, mas costumamos receber ligações de pessoas de toda espécie, e alguns se outorgam um título que não possuem. O senhor queria saber sobre um cidadão holandês que mora em Paris?

– Trata-se do senhor Norris Jonker...

Por que Maigret teve a impressão de que seu interlocutor invisível de repente ficara sobressaltado?

– Sim...

– O senhor o conhece?

– Há muitos Jonker na Holanda, quase tantos quanto Durand na França. Norris também não é um nome incomum.

– Esse Norris Jonker pertenceria à família dos banqueiros de Amsterdã.

– O banco Jonker, Haag e Cia. é um dos bancos mais antigos do país. O velho Kees Jonker morreu há uns quinze anos, e, se não me engano, quem dirige os negócios agora é seu filho Hans.

– E Norris Jonker?

– Não o conheço pessoalmente.

– Mas o senhor sabe que ele existe?

– Claro. Acho que é sócio do clube de golfe de Saint-Cloud, e posso ter cruzado com ele sem saber...

– Ele é casado?

– Com uma inglesa, pelo que me contaram. Sr. Maigret, posso saber por que esse interesse pelo senhor Jonker?

– Meu interesse surgiu de um modo muito indireto.

– O senhor esteve com ele?

– Ainda não.

– Não acha que seria mais simples obter essas informações dele pessoalmente? Eu posso fornecer o endereço dele para o senhor.

– Eu tenho o endereço.

– Norris Jonker frequenta pouco a embaixada. Ele pertence a uma família que não é somente respeitável, mas importante, e tudo me leva a crer que ele mesmo também seja um homem respeitável. O sr. Jonker é conhecido sobretudo pela sua coleção de quadros.

– E o senhor também não sabe nada sobre a sua esposa?

– Eu me sentiria mais à vontade para responder suas perguntas se soubesse o motivo delas. Segundo me contaram, a sra. Jonker é do sul da França e foi casada com Herbert Muir, um inglês de Manchester, que fabrica rolamentos.

– Eles têm filhos?

– Não que eu saiba.

Quando Maigret percebeu que não conseguiria extrair mais nada do segundo secretário, ligou para outro número, o de um avaliador oficial de leilões com quem trabalhara várias vezes e que, por ser especialista em arte, era chamado com frequência para testemunhar nos tribunais.

– Senhor Manessi? É Maigret...

– Um momento, vou fechar a porta. Pronto, pode falar. O senhor está envolvido com quadros agora?

– Talvez. O senhor conhece um holandês chamado Norris Jonker?

– Aquele que mora na Avenue Junot? Não somente o conheço como já avaliei alguns dos seus quadros. Ele tem uma das mais belas coleções da segunda metade do século XIX e início do século XX.

– Então ele é muito rico?

– Seu pai era um banqueiro, e já era um apaixonado por pintura. Norris Jonker foi criado entre obras de Van Gogh, Pissaro, Manet e Renoir. Não é nenhuma surpresa que não tenha se interessado em trabalhar no banco. Ele herdou uma boa parte dos quadros, e os dividendos do banco, que é dirigido pelo irmão, lhe são suficientes, tanto que lhe permitem aumentar a coleção.

– O senhor o conhece pessoalmente?

– Conheço. E o senhor?

– Ainda não.

– Ele é mais um gentleman do tipo inglês do que holandês. Se me lembro bem, completou seus estudos em Oxford, depois morou muito tempo na Inglaterra e, segundo soube, terminou a última guerra como coronel do exército britânico.

– E a esposa?

– Uma criatura esplêndida, muito jovem, foi casada com um inglês de Manchester...

– Dos rolamentos, eu sei...

– Eu me pergunto por que o senhor está interessado em Jonker. Espero que ele não tenha sido vítima de um roubo?

– Não.

Era a vez do comissário de se mostrar evasivo.

– Eles saem muito?

– Não que eu saiba.

– Jonker se relaciona com outros colecionadores de arte?

– Claro que ele acompanha o mercado, e sabe quando uma bela peça será leiloada por Drouot, Galliéra, Sotheby's*, ou em Nova York.

– Ele frequenta os leilões?

– Assim o senhor quer saber demais. Ele costumava viajar muito, mas não sei se ainda continua a fazê-lo. A menos que seja absolutamente necessário, ninguém se dá o trabalho de comprar um quadro num leilão. Pelo contrário, muitas vezes os grandes compradores enviam um representante.

– Em resumo, Jonker é um homem em quem se pode confiar?

– De olhos fechados.

– Muito obrigado.

O que não simplificava as coisas... Maigret levantou da cadeira sem muito entusiasmo para pegar o sobretudo e o chapéu no armário.

Quanto mais as pessoas são conhecidas, importantes e respeitáveis, tanto mais é delicado bater nas suas portas para fazer perguntas, e não é raro que apresentem queixas aos superiores, o que, no dia seguinte, causa alguns momentos desagradáveis para o policial.

Maigret hesitou um momento, perguntando-se se levava, ou não, um dos inspetores com ele, depois decidiu ir sozinho até a Avenue Junot para tornar sua visita menos oficial.

Meia hora depois, um táxi o deixava em frente ao prédio, e ele entregava seu cartão de visita para Carl, o mordomo de casaca branca, e era conduzido até o vestíbulo, como o inspetor Chinquier antes dele. Porém, talvez por causa do seu alto cargo na polícia, ele só teve que esperar cinco minutos ao invés de dez.

---

* Hôtel Drouot, Paris, casa de leilões; Museu Galliéra, Paris; Sotheby's, casa de leilões, Londres. (N.T.)

– Por favor, me acompanhe.

Carl foi à frente enquanto passavam pelo salão, onde Maigret não teve a sorte de cruzar com a bela senhora Jonker, e abriu a porta do escritório.

O holandês não mudara nem de roupa e, assim parecia, nem de lugar. Ele estava sentado atrás de uma escrivaninha estilo Império e examinava algumas gravuras com o auxílio de uma enorme lupa com luz embutida.

Jonker se levantou imediatamente da cadeira, e Maigret constatou que a descrição fornecida por Chinquier estava correta. Vestido com aquela calça comprida de flanela cinzenta, camisa de seda macia, casaco de veludo preto, ele era a própria imagem do gentleman inglês na intimidade. E tinha a mesma fleuma. Sem surpresa nem emoção perguntou:

– Senhor Maigret?

Indicou uma poltrona de couro do outro lado da escrivaninha para seu hóspede, e voltou para seu lugar.

– Estou muito lisonjeado em conhecer um homem tão famoso como o senhor.

Jonker falava devagar, como se, depois de tantos anos, ainda pensasse em holandês e precisasse traduzir cada palavra.

– Estou um pouco surpreso de receber a visita da polícia pela segunda vez...

Ele esperava... enquanto isso, olhava para suas mãos gorduchas e bem-cuidadas. Jonker não era exatamente gordo, mas tinha o que antigamente se chamava de um belo porte e, por volta de 1900, poderia ter servido de modelo para um desenhista da revista *La Vie Parisienne.*

O rosto era um pouco balofo, e por detrás das lentes dos óculos sem armação visível, enganchados atrás das orelhas por hastes finas de ouro, os olhos azuis se fixavam em Maigret.

Maigret começou, não sem sentir um certo desconforto:

– O inspetor Chinquier já me relatou sua visita aqui. Ele é um inspetor de bairro e não pertence diretamente ao nosso departamento.

– Isso significa que o senhor veio verificar o relatório dele?

– Não exatamente. Mas talvez ele não tenha feito todas as perguntas que deveria.

O holandês, que brincava com a lente de aumento, olhou Maigret diretamente nos olhos, e suas pupilas espelharam muita malícia e uma ponta de ingenuidade.

– Ouça, senhor Maigret. Eu tenho 64 anos e já morei em muitos países. Vivo na França há muitos anos, e me sinto tão bem aqui que construí minha casa nesta cidade.

"Minha ficha policial está limpa, como se diz aqui, e nunca pus os pés num tribunal ou numa delegacia.

"Parece que ontem à noite alguém deu uns tiros na rua, no prédio defronte ao meu. Como já disse para o inspetor, nem eu nem minha mulher ouvimos coisa alguma porque nossos quartos ficam do outro lado da casa. O que o senhor pensaria se estivesse no meu lugar e eu no seu?

– Eu certamente acharia essas visitas um pouco constrangedoras... Ver uma pessoa desconhecida entrar na sua casa nunca é agradável.

– Desculpe! Desculpe! Eu não estou me queixando porque o senhor está aqui, muito pelo contrário, isso me permite conhecer uma pessoa de quem já ouvi falar muito. Acontece que eu me coloco sob outro ponto de vista.

"Seu inspetor me fez algumas perguntas, mais ou menos indiscretas, mas, considerando sua profissão, eu diria que até não foram indiscretas demais. Eu não sei que perguntas o senhor me fará, mas estou surpreso que um funcionário do seu nível tenha vindo aqui pessoalmente.

– Se eu respondesse que é por consideração à sua pessoa...

– Eu ficaria lisonjeado, embora hesitasse em acreditar no senhor. E talvez fosse mais ajuizado da minha parte se eu me informasse a respeito da legalidade da sua presença aqui.

– Eu não tenho nada a me opor contra isso, senhor Jonker, e o senhor tem toda liberdade para telefonar para seu advogado. Acrescento que vim sem nenhum mandato, e que o senhor tem todo o direito de me expulsar daqui. No entanto, é claro que essa falta de colaboração da sua parte poderia ser considerada uma hostilidade, quando não um desejo de esconder alguma coisa.

Sentado na cadeira, o holandês sorriu e esticou a mão para pegar uma caixa de charutos.

– O senhor fuma?

– Só cachimbo.

– Fique à vontade.

Jonker escolheu um charuto, estalou o tabaco junto à orelha com uma leve pressão dos dedos, cortou a ponta com um cortador de charutos de ouro e acendeu-o lentamente, com um gesto que era quase um ritual.

– Eu tenho mais uma pergunta – disse entre duas baforadas de fumaça. – Devo crer que sou o único na Avenue Junot que tem a honra da sua visita, ou será que o senhor dá tanta importância a este caso para bater de porta em porta pessoalmente e interrogar os moradores?

Maigret também começara a procurar as palavras certas.

– O senhor não é o primeiro da rua a ser interrogado. Como o senhor acabou de dizer, meus inspetores vão de porta em porta, mas, em se tratando do senhor, eu preferi vir pessoalmente.

O outro deu a impressão de que agradecia com um sinal da cabeça, mas que não acreditava em uma única palavra das que acabara de ouvir.

– Nesse caso, vou tentar responder, desde que não seja uma intromissão na minha vida particular.

Maigret ia abrir a boca quando o telefone tocou.

– Com licença...

Jonker atendeu, respondeu em inglês brevemente, as sobrancelhas contraídas. O inglês de colégio do comissário não era muito bom e não o ajudara muito quando estivera em Londres, e menos ainda durante as duas viagens que fizera aos Estados Unidos, mesmo quando seus interlocutores demonstraram uma enorme boa vontade para entender o que dizia.

Mesmo assim, conseguiu entender que o holandês dizia que estava ocupado, e que respondia a uma pergunta do seu interlocutor invisível:

– É da mesma empresa, sim... Eu ligo mais tarde...

Não estaria querendo dizer que estava ocupado com alguém que era da mesma profissão que o inspetor que estivera aqui antes?

– Desculpe... sou todo ouvidos...

Jonker assumira uma posição confortável, um pouco recostado para trás, os cotovelos apoiados nos braços da poltrona, e às vezes olhava para a cinza branca do charuto que aumentava aos poucos.

– Senhor Jonker, o senhor me perguntou o que eu faria se estivesse no seu lugar. Agora é minha vez de pedir ao senhor que se coloque no meu. Quando acontece um crime, neste ou em outro bairro, há sempre alguns vizinhos que se lembram de algumas singularidades que na hora não chamaram sua atenção e às quais não deram nenhuma importância naquele momento.

– Acho que é o que vocês chamam de mexericos, não é mesmo?

– Se quiser. Acontece que nós temos a obrigação de verificar esses mexericos porque, se muitos são fantasiosos, algumas vezes acontece que alguns nos colocam atrás de uma pista séria.

– Então, vejamos esses mexericos...

Mas o comissário não tinha a menor intenção de ir direto ao ponto. Ele ainda não conseguira decidir se seu interlocutor era um homem malicioso, mas honesto, ou se, ao contrário, uma pessoa muito esperta, porém cautelosa, que fingia ser ingênua.

– É casado, senhor Jonker?

– Isso o espanta?

– Não. Eu soube que a sra. Jonker é uma mulher muito bonita.

– Eu repito a minha pergunta: isso o espanta? É verdade que sou um homem de uma certa idade, muitos diriam um velho, acrescentando talvez que estou bem-conservado. Minha mulher só tem 34 anos, o que dá uma diferença exata de trinta anos entre nós. O senhor acha que somos um caso único em Paris, ou em outro lugar? Essa situação é tão surpreendente?

– A senhora Jonker é de origem francesa?

– Vejo que está bem informado. Ela nasceu em Nice, mas eu a conheci em Londres.

– Ela já foi casada antes?

Jonker deixou transparecer uma certa impaciência, que podia ser aquela de um cavalheiro chocado quando alguém se mete na sua vida particular e, principalmente, quando fala da sua mulher.

– Ela era sra. Muir antes de se tornar sra. Jonker – respondeu muito secamente.

Olhou fixamente para seu charuto durante algum tempo e depois acrescentou:

– E já que o senhor insiste em tocar nesse assunto, fique sabendo que ela não casou comigo por dinheiro porque ela já era o que chamamos de uma pessoa rica.

– Para um homem da sua condição social o senhor sai muito pouco, senhor Jonker.

– É uma crítica? Pois saiba que passei grande parte da minha vida saindo, aqui, em Londres, nos Estados Unidos, na Índia, na Austrália e em outros lugares. Quando o senhor tiver minha idade...

– Não falta muito...

– Como eu estava dizendo, quando o senhor tiver minha idade, é muito provável que prefira sua casa às noitadas mundanas, os clubes e as boates...

– Eu o entendo ainda melhor porque o senhor deve estar muito apaixonado pela sra. Jonker...

Dessa vez, o ex-coronel do exército inglês se empertigou e limitou-se a responder com um aceno seco da cabeça, que fez a cinza do charuto cair no chão.

O momento delicado, que Maigret havia adiado o máximo que podia, se aproximava, mas o comissário se permitiu ainda uma pequena demora para acender o cachimbo.

– O senhor mencionou a palavra mexericos, e se o senhor confirmar que não passam disso, eu não terei nenhuma dúvida de que algumas informações que recebemos pertencem a essa categoria.

A mão do holandês não tremia um pouco? Mesmo assim, ele estendeu o braço para a garrafa de cristal e encheu um copo.

– Aceita um curaçau?

– Não, obrigado.

– Prefere um uísque?

Sem aguardar a resposta apertou uma campainha. Carl apareceu quase imediatamente.

– Um uísque, por favor... água com ou sem gás?

– Com gás.

Durante esse intervalo ficaram em silêncio, e Maigret aproveitou para dar uma olhada nas estantes de livros que cobriam todas as paredes. Elas continham livros de arte, mas também obras sobre arquitetura, escultura antiga, e catálogos encadernados dos grandes leilões com datas de quarenta anos atrás.

– Obrigado, Carl... Você avisou minha mulher que estou ocupado?

Por uma questão de educação, Jonker preferira falar em francês com o empregado.

– Ela ainda está lá em cima?

– Está, sim, senhor.

– E agora, senhor Maigret, eu bebo à sua saúde e aguardo os mexericos anunciados...

– Eu não sei como é na Holanda, mas em Paris, muitas pessoas, principalmente os mais velhos, e mais em Montmartre do que em outros lugares, passam boa parte do tempo olhando pela janela. Em vista disso, fomos informados que duas ou três vezes por semana, à noite, algumas moças costumam bater na sua porta e entrar na sua casa.

De repente, as orelhas do holandês ficaram vermelhas e, sem responder, deu outra baforada no charuto.

– Eu poderia pensar que eram amigas da sra. Jonker, se essas pessoas não pertencessem a um meio especial, o que transformaria a hipótese em injúria.

Raramente acontecera que precisasse escolher suas palavras e frases com tanto cuidado. Raramente se sentira tão desconfortável.

– O senhor nega que essas visitas aconteceram?

– Se o senhor se deu o trabalho de vir até aqui, sr. Maigret, é porque tinha certeza das suas informações. Admita! Admita que se eu tivesse a péssima ideia de contradizer o senhor, o senhor me colocaria na presença de uma ou várias testemunhas.

– O senhor não respondeu à minha pergunta.

– O que lhe contaram sobre essas moças?

– O senhor está respondendo à minha pergunta com outra.

– Eu estou na minha casa, não é mesmo? Se estivesse na sua sala, nossas posições seriam diferentes.

O comissário preferiu ceder.

– Digamos que essas pessoas pertencem à categoria daquelas que nós chamamos de mulheres da vida. Elas não se limitam a entrar e sair, mas passam uma parte da noite, ou a noite toda, na casa.

– É isso mesmo.

Jonker não desviou o olhar, muito pelo contrário, mas o azul dos seus olhos se embaçara e passava para o cinza.

Para criar coragem para continuar, Maigret precisou se lembrar de Lognon na sua cama de hospital, no desconhecido que utilizara uma das armas mais mortais e atirara na barriga dele de maneira hedionda.

Jonker não o ajudava, e permanecia, aparentemente, tão impassível como um jogador de pôquer.

– Se eu estiver enganado, me interrompa. Primeiro pensei que aquelas moças vinham por causa do seu mordomo, depois soube que ele tem uma namorada e que costuma se encontrar com ela na rua durante as visitas que acabo de mencionar. Onde fica o quarto do seu empregado?

– No segundo andar, perto do ateliê.

– As camareiras e a cozinheira também dormem no segundo andar?

– Não. A casa tem um anexo no jardim, as três mulheres moram lá.

– O senhor abriu a porta várias vezes para as visitantes noturnas...

Jonker não respondeu nem sim nem não, mas não desviou os olhos dos olhos do comissário.

– Eu gostaria apenas de acrescentar que, de acordo com as minhas informações, a sra. Jonker as fez entrar várias vezes na casa.

– Estamos sendo bem vigiados, não é verdade? Melhor do que pelas nossas velhinhas nas pequenas aldeias da Holanda. O senhor pode me dizer agora que relação o senhor conseguiu estabelecer entre essas visitas, imaginadas ou reais, e os tiros na rua? Porque eu me recuso a acreditar que alguém queira atingir minha pessoa diretamente e que, por razões que ignoro, estejam tentando me transformar em uma pessoa indesejável.

– Não se trata disso, e eu estou tentando colocar as cartas na mesa. A forma como tudo aconteceu na noite passada, a arma que utilizaram, e mais alguns detalhes que não vou revelar para o senhor, me fazem crer que o atirador era um profissional.

– E o senhor acha que eu estou em contato com essas pessoas?

– Vou fazer uma suposição totalmente gratuita: sr. Jonker, as pessoas acreditam que o senhor é muito rico. Nesta casa há mais obras de arte do que em muitos museus do interior, e por isso seu valor certamente não pode ser avaliado. O prédio tem um sistema de segurança?

– Não. Como o senhor mesmo disse certa vez, os verdadeiros profissionais consideram esses sistemas ridículos, por mais aperfeiçoados que sejam, como foi comprovado no seu país recentemente. Eu prefiro um bom seguro.

– O senhor nunca foi roubado?

– Não que eu saiba.

– O senhor tem absoluta confiança nos seus empregados?

– Tenho em Carl e na cozinheira, eles estão comigo há mais de vinte anos. Conheço menos as camareiras, mas, antes de empregá-las, minha mulher sempre exige referências que podem ser verificadas. Mas o senhor ainda não explicou a relação entre o que chama de minhas visitantes...

– Vou chegar lá...

Até agora, Maigret não se saíra tão mal e, como recompensa, tomou um gole de uísque.

– Vamos supor que um bando de ladrões de quadros, como há vários pelo mundo todo, tenha planejado um roubo na sua casa... Vamos supor que um inspetor de bairro fique sabendo disso, porém de uma forma muito imprecisa para poder agir diretamente... Vamos supor que, como nas noites anteriores, esse inspetor tenha ficado de guarda na noite passada para pegar os ladrões em flagrante...

– Teria sido uma imprudência da sua parte, não concorda?

– Sr. Jonker, na nossa profissão somos obrigados a ser imprudentes muitas vezes...

– Desculpe...

– Em geral, os bandos que se especializam em obras de arte contratam um assassino profissional para essas ocasiões. Os bandos são compostos de pessoas inteligentes, cultas, que não agem sem se informarem antes. Como o senhor tem absoluta confiança nos seus empregados, só posso imaginar que uma das moças...

Jonker acreditaria no raciocínio do comissário, ou farejaria uma armadilha? Era impossível saber.

– As moças que trabalham nos cabarés estão mais ou menos em contato com o que, na França, chamamos de o Meio.

– O senhor veio me pedir a lista, com os nomes, endereços e os números de telefone das moças que estiveram aqui?

Sua ironia tornara-se ácida.

– Certamente ajudaria, mas eu gostaria de saber principalmente o que vinham fazer na sua casa.

Ufa! Agora faltava pouco. Imóvel, segurando o charuto apagado entre os dedos, Jonker continuava olhando para Maigret de frente, sem pestanejar.

– Pois muito bem! – exclamou, ficando em pé.

Ele colocou a ponta do charuto dentro de um cinzeiro azul e começou a caminhar pelo escritório.

– No início desta conversa, eu avisei que responderia a todas as suas perguntas com a condição que não tocassem na minha vida particular. O senhor conseguiu colocar essa vida particular em cima da mesa, ligando-a aos acontecimentos da noite passada de maneira muito hábil, e eu lhe dou os parabéns por isso.

Parou na frente de Maigret, que também ficou em pé.

– Há quanto tempo está na polícia?

– Vinte e oito anos.

– E suponho que não deve ter investigado apenas o submundo. Esta é a primeira vez que encontra um homem da minha idade e na minha situação que dá vazão a certos instintos e o senhor acha isso repreensível? Paris não é considerada uma cidade puritana, sr. Maigret. No meu país, teriam me apontado com o dedo, e minha família talvez tivesse me renegado. Muitos estrangeiros que vivem aqui ou na Côte d'Azur escolheram a França pela liberdade que se tem nesse setor...

– Eu queria saber se a sra. Jonker...

– A sra. Jonker conhece a vida e não é nenhuma puritana. Ela não ignora que certos homens da minha idade necessitam de coisas diferentes para estimulá-los...

O senhor me obrigou a falar de coisas muito íntimas, e eu espero que esteja satisfeito agora.

Do modo como ele olhava para a porta parecia querer dizer que a entrevista terminara.

Maigret, porém, voltou à carga, suavemente, em voz baixa.

– Há pouco o senhor mencionou nomes, endereços e números de telefone...

– Eu espero que não queira que os entregue ao senhor? Mesmo se não levam uma vida exemplar, essas pessoas não precisam prestar contas à polícia, e seria indecente de minha parte colocá-las numa posição constrangedora.

– O senhor disse que saía pouco e não frequentava os cabarés. Então, como conheceu suas visitantes?

Outro silêncio. Outra hesitação.

– O senhor não sabe como isso funciona? – suspirou finalmente.

– De fato, há homens e mulheres que oferecem esses serviços, mas suas atividades são consideradas ilegais.

– E seus clientes também são considerados ilegais?

– A rigor, poderíamos acusá-los de cumplicidade, mas, em geral...

– Em geral vocês deixam os clientes em paz, não é verdade? Nesse caso, senhor Maigret, acho que não tenho mais nada a dizer para o senhor.

– Mas eu ainda tenho um pedido.

– Será realmente um pedido? Essa palavra não esconde outra?

Os dois homens estavam quase saindo para as vias de fato.

– Sabe, se o senhor recusar, eu talvez seja obrigado a recorrer aos meios legais.

– Vejamos então esse pedido...

– Eu gostaria de conhecer sua casa.

– O termo francês para isso não é perquirição?

– O senhor esquece que até agora eu parti da hipótese de que o senhor não passava de uma vítima ocasional.

– E quer me proteger?

– Talvez.

– Venha.

Não se tratava mais de oferecer um charuto ou uma bebida para Maigret. De súbito, Jonker se transformara em um grande senhor burguês, para não dizer num nobre da corte.

– O senhor viu este aposento, é onde fico a maior parte do tempo. Quer que abra as gavetas?

– Não.

– Aviso que na gaveta da direita há uma pistola automática, uma Luger, que eu trouxe da guerra.

Jonker mostrou-a, e acrescentou:

– Está carregada. No meu quarto tenho outra arma, uma Browning, que também está carregada, e que mostrarei ao senhor depois.

"Esta é a sala de estar. O senhor não veio para admirar os quadros, mas sugiro que dê uma olhada neste Gauguin. É considerado o mais belo desse pintor. Vou deixá-lo para o Museu de Amsterdã.

"Por aqui... O senhor entende de tapetes?... Continuemos... Aqui é a sala de jantar, e aquele quadro à esquerda é o último que Cézanne pintou.

"Esta porta dá para um pequeno cômodo, a saleta da minha mulher, que eu quis que fosse bem feminino, muito íntimo.

" ... A copa... Carl está limpando os talheres de prata... São talheres de prata ingleses do século XVII, cujo único defeito é serem muito pesados para manusear.

"A cozinha fica no porão... a cozinheira também... O senhor quer ir até lá?"

Sua desenvoltura, voluntária ou não, tinha algo insultante.

– Vamos subir... A escada veio de um antigo castelo das cercanias de Utrecht. À esquerda, meu apartamento...

Ele abria as portas como se fosse um corretor de imóveis mostrando uma mansão para um apreciador ocasional.

– Outro escritório. Como pode ver, é igual ao do térreo... Gosto de livros, eles me são muito úteis... Naquelas pastas à esquerda está arquivada a história de algumas centenas de quadros, com a lista dos seus proprietários sucessivos e os preços pagos em cada leilão.

"Meu quarto. Na mesinha de cabeceira está a arma que mencionei lá embaixo. É um calibre 6.35 vulgar, que não serviria nem em caso de uma agressão.

Por toda parte, até nas paredes da escada, os quadros quase se tocavam, e os mais belos não estavam na sala de estar, mas no quarto do holandês, um aposento muito sóbrio, decorado com móveis ingleses e poltronas de couro profundas.

– Meu banheiro... Agora vamos visitar o outro lado, mas antes, me permita, vou ver se minha mulher está no seu quarto.

Ele bateu na porta, entrebriu-a, deu alguns passos dentro do quarto.

– Pode entrar. Este é o quarto de vestir da minha esposa, para o qual encontrei esses dois Fragonard... As poltronas pertenceram a Madame Pompadour... Se estivesse aqui na qualidade de um apreciador de arte, sr. Maigret, e não como policial, eu teria prazer de parar com o senhor em cada aposento. O quarto de dormir...

Todo revestido de cetim amassado cor de morango.

– O banheiro...

Maigret não entrou, mas entreviu uma banheira de mármore preto que mais parecia uma piscina e onde, para entrar, era preciso descer vários degraus.

– Vamos subir para o outro andar. O senhor tem o direito de ver tudo, não é mesmo?

Jonker abriu outra porta.

– Aqui é o quarto de Carl. Ali é o banheiro. Como o senhor pode ver, ele gosta de assistir à televisão. Carl prefere as imagens em branco e preto aos quadros dos grandes mestres.

Jonker bateu na porta em frente, uma porta pesada, ricamente esculpida, que também devia vir de algum castelo.

– Dá licença, querida? Estou mostrando a casa para o sr. Maigret, o chefe da Brigada Criminal. Certo, senhor comissário?

Maigret acabara de ter um choque. No meio do ateliê envidraçado estava uma silhueta branca que o lembrou da palavra que Lognon murmurara: "O fantasma...".

A senhora Jonker não usava uma blusa de pintor como se costuma ver normalmente. A vestimenta se assemelhava ao hábito religioso de um dominicano, e o tecido tinha a espessura e a maciez de um roupão de banho.

Além disso, a esposa do holandês usava um turbante branco do mesmo tecido enrolado na cabeça.

Ela segurava uma paleta na mão esquerda, um pincel na mão direita, e seus olhos escuros pousaram sobre o comissário com curiosidade.

– Já ouvi falar muito do senhor, sr. Maigret, e tenho muito prazer em conhecê-lo. Desculpe se não aperto sua mão...

Ela guardou o pincel e enxugou a mão na vestimenta branca, onde deixou rastros verdes.

– Espero que não seja um conhecedor de pintura. Se for, eu suplico que não olhe o que estou pintando.

Depois de passar por tantas obras-primas penduradas nas paredes da casa, era inesperado encontrar-se diante de uma tela onde só se viam borrões disformes.

CAPÍTULO V

O QUARTO DOS GRAFITES

NAQUELE INSTANTE, aconteceu algo que Maigret foi incapaz de definir, uma mudança de comportamento, ou melhor, uma espécie de deslocamento que, de súbito, dava mais peso aos gestos, às palavras e às atitudes. Seria por causa da atmosfera do aposento, ou da presença da moça, que continuava envolta naquela vestimenta estranha?

Toras de madeira crepitavam dentro de uma lareira branca imensa, e as chamas pareciam imitar duendes.

Agora o comissário entendia por que as cortinas do ateliê que se viam das janelas do apartamento de Marinette Augier permaneciam quase sempre fechadas. O ateliê não era envidraçado somente de um lado, mas de dois, o que permitia escolher a luminosidade desejada.

As cortinas eram de juta preta, grossas. De tanto serem lavadas, elas haviam desbotado para o cinzento e encolhido, por isso não se tocavam mais.

De um lado, viam-se os telhados até Saint-Ouen; do outro, em primeiro plano, as asas do Moulin-de-la-Galette e, depois, toda Paris, o traçado dos seus bulevares, o espaço amplo da Champs-Élysées, os meandros do Sena e a cúpula dourada dos Invalides.

Mas não era o panorama que fascinava Maigret, cujos sentidos estavam aguçados. Uma pessoa tem dificuldade para captar o que sente na sua totalidade quando, de repente, se vê mergulhada em um meio desconhecido. Era um pouco o que estava acontecendo com ele.

Tudo o impressionava ao mesmo tempo, como, por exemplo, as duas paredes nuas, de um branco cru, com as chamas vivas da lareira no centro.

A sra. Jonker estava pintando quando os dois homens entraram. Por lógica, não deveria haver alguns quadros pendurados naquelas paredes? E também, como em todos os ateliês de artistas, outras telas arrumadas e encostadas umas às outras no chão? No entanto, o assoalho de madeira envernizada estava tão nu como as paredes.

Perto do cavalete, havia uma pequena mesa lateral e, em cima, uma caixa cheia de tubos de tinta.

Em cima de outra mesa, uma mesa de madeira clara, mais afastada, o único objeto vulgar que Maigret vira até agora na casa, havia uma mistura de potes, caixas brancas de ferro, garrafas e trapos.

Dois armários antigos, uma cadeira e uma poltrona, cujo veludo marrom começava a desbotar, completavam a mobília.

Maigret só podia pressentir o que havia de anormal ali, mas ele havia sido alertado, e a frase pronunciada pelo holandês só o surpreendeu ainda mais. Ele dizia para sua mulher:

– Por mais estranho que pareça, o comissário não está aqui para admirar meus quadros, mas para conversar sobre o ciúme. Ele parece surpreso que nem todas as mulheres sejam ciumentas.

O que poderia passar por uma observação banal e um pouco irônica, para Maigret se traduzia em um aviso que o holandês dava para sua esposa, e ele poderia ter jurado que ela confirmava com um piscar de olhos que entendera a mensagem.

– Sua esposa é ciumenta, sr. Maigret?

– Senhora, eu confesso que até agora ela não me deu nenhum motivo para perguntar a ela.

– No entanto, muitas mulheres devem passar pela sua sala?

Estaria enganado? Parecia outro sinal, mas um sinal que, dessa vez, era dirigido a ele.

Ele ficou tão impressionado, que procurou na memória a mulher que estava diante dele, perguntando-se se já não a vira no Quai des Orfèvres. Seus olhares se encontraram. Ela mantinha no belo rosto o sorriso impreciso e cortês de uma dona de casa que recebe uma visita. Mas será que ele não lia outra coisa nos seus imensos olhos castanhos e nos longos cílios que piscavam?

– Por favor – murmurou –, não interrompa seu trabalho por minha causa.

Ela acabara de colocar a paleta em cima da mesa lateral e desenrolava o pano branco que envolvia sua testa como um turbante; depois, sacudiu a cabeça e devolveu a forma aos cabelos pretos.

– A senhora é de origem francesa, não é mesmo?

– Foi Norris quem disse isso para o senhor?

A pergunta era natural, corriqueira. Estaria enganado ao pressentir um sentido oculto?

– Eu já sabia antes de vir para cá.

– Então o senhor se informou sobre nós?

Jonker não tivera a mesma desenvoltura no seu escritório do andar térreo, nem quando, com uma ironia um pouco carregada de desprezo, o levara para visitar os vários cômodos da casa com passos apressados, como se fosse um guia de um museu, ou de um castelo.

– Está cansada querida? Prefere descansar um pouco?

Outro sinal? Uma ordem? Ela tirou o avental branco que a envolvia e apareceu num vestido preto colante. De repente parecia mais alta e revelava as formas cheias que haviam atingido uma saborosa maturidade.

– A senhora pinta há muito tempo?

Em vez de responder diretamente, ela explicou:

– É difícil viver numa casa cheia de telas, com um marido para quem os quadros são a única paixão, sem ficar tentada a manipular um pincel. Como sou incapaz de chegar à altura dos mestres que estão diante dos meus olhos dia e noite, tive que me contentar com a pintura abstrata. Mas não me pergunte o que meus borrões representam...

Os anos que passara na Inglaterra e em Paris não haviam apagado completamente seu sotaque do Midi*, e Maigret estava cada vez mais atento às menores nuanças.

– A senhora nasceu em Nice?

– Também contaram isso para o senhor?

Foi sua vez de enviar sua mensagem para ela, olhos nos olhos.

– Gosto muito da igreja Sainte-Réparate...

Ela não corou, mas entendeu o golpe baixo.

– Vejo que conhece a cidade...

Com uma palavra, Maigret acabara de tocar na antiga Nice, no bairro mais pobre, com suas ruas estreitas onde o sol penetrava raramente, e as roupas secavam o ano inteiro penduradas entre as casas.

Agora, ele tinha quase certeza que ela nascera ali, numa daquelas casas erodidas pelo tempo, dentro das quais se espremiam quinze ou vinte famílias, e a gurizada pululava nas escadas e nos pátios.

Pela sua atitude, ele até teve a impressão que ela o admitia implicitamente, e que os dois haviam acabado de trocar algo como um sinal maçônico diante do marido, a quem essas sutilezas escapavam.

* O sul da França. (N.T.)

Por mais que fosse o comissário superintendente e chefe da Brigada Criminal da P.J., Maigret pertencia ao povo.

Mas ela, mesmo se vivesse no meio de quadros dignos do Louvre, se vestisse nos grandes costureiros, frequentasse as belas noitadas de Manchester e Londres, se adornasse de diamantes, rubis e esmeraldas, ela havia crescido na sombra de Saint-Réparate, e Maigret não teria ficado surpreso se soubesse que vendera flores nos terraços da Place Masséna.

Agora cada um interpretava seu papel como se, sob as palavras pronunciadas, trocassem outras, que não diziam respeito ao filho do banqueiro holandês.

– Seu marido mandou construir este ateliê magnífico para a senhora?

– Oh! não... Ele ainda não me conhecia quando mandou construir a casa. Ele tinha uma namorada de quem gostava muito, uma pintora de verdade que ainda expõe nas galerias de arte. Eu sempre me perguntei por que não casou com ela... Talvez não fosse mais tão jovem?... Norris, conte como foi.

– Não me lembro mais.

– O senhor está vendo como ele é bem-educado e cheio de delicadezas?

– Há pouco perguntei se a senhora pinta há muito tempo.

– Não sei... Há vários meses...

– A senhora passa uma parte dos seus dias neste ateliê?

– Mas é um interrogatório de verdade! – ela reclamou brincando. – Pela sua pergunta dá para perceber que o senhor não é uma mulher, nem uma dona de casa. Por exemplo, se me perguntar o que fiz ontem a tal hora, eu certamente terei dificuldade para responder. Sou preguiçosa... e acho que os dias passam mais rápidos para os preguiçosos do que para os outros, embora a maioria das pessoas pense o contrário.

"Levanto tarde... fico vagueando... converso com a camareira... dou as ordens para a cozinheira... e quando chega a hora do almoço eu ainda não tenho consciência de que comecei a viver...

– Minha querida, você está falando demais...

E Maigret:

– Eu não sabia que era possível pintar de noite...

Dessa vez não havia nenhuma dúvida que o casal Jonker, marido e mulher, se entreolharam. O holandês respondeu primeiro:

– Pode ser que não entre os impressionistas, que adoravam os jogos dos raios do sol, mas eu conheço alguns pintores modernos que acreditam que a luz artificial realça as cores em vários tons.

– É por isso que a senhora pinta de noite?

– Eu pinto quando tenho vontade.

– E essa vontade aparece depois do jantar e a mantém presa ao cavalete até de madrugada...

Ela deu um sorriso forçado.

– Francamente, comissário, é impossível esconder alguma coisa do senhor.

Maigret apontou para a cortina preta diante da grande janela envidraçada, que dava para a Avenue Junot.

– Como a senhora sabe, essa cortina não fecha mais hermeticamente. Constatei que em cada rua há pelo menos uma pessoa que sofre de insônia. Mencionei isso ainda há pouco ao seu marido. Os mais cultos leem, ou escutam música. Os outros olham pela janela.

Como se essa área não lhe pertencesse mais, Jonker agora deixava a direção dos trabalhos nas mãos da sua mulher. Preocupado, fingia acompanhar a conversa com um ouvido distraído, e uma ou duas vezes virou-se para a vista de Paris.

O céu, que começava a clarear cada vez mais, agora estava de um branco igual ao das agulhas dos abetos, principalmente do lado oeste, onde era quase possível adivinhar um sol que se preparava para se pôr.

– Suas telas estão guardadas nesses armários?

– Não. O senhor quer verificar? Não me incomodo que seja indiscreto. Afinal, só está fazendo seu trabalho...

Ela abriu um dos armários, que continha rolos de papel de desenho, um estoque de tubos de tintas e outras garrafas e caixas iguais às que estavam em cima da mesa lateral, tudo em desordem.

No segundo armário só havia três telas brancas com a etiqueta de um marchand da Rue Lepic.

– Está decepcionado? Esperava encontrar um esqueleto?

Ela aludia ao provérbio inglês "toda família tem um esqueleto no armário".*

– Pintar um esqueleto demora muito – respondeu Maigret, franzindo a testa. – Por enquanto Lognon ainda está deitado numa cama de hospital...

– Que nome mais engraçado... De quem o senhor está falando?

– De um inspetor...

– Aquele em quem atiraram esta noite?

– Madame, a senhora tem certeza de que estava no quarto no momento do tiro, dos três tiros, para ser mais exato?

– Sr. Maigret, eu acho que dessa vez o senhor foi longe demais... – interveio Jonker.

– Nesse caso, responda o senhor. A sra. Norris dedica uma parte do seu tempo à pintura, especialmente durante várias noites que muitas vezes terminam tarde.

* "Every family has a skeleton in the cupboard". (N.T.)

Ora, o ateliê estava praticamente vazio quando fomos apresentados.

– Há alguma lei francesa que obrigue as pessoas a mobiliar um ateliê?

– Eu esperaria encontrar pelo menos uma certa quantidade de telas, terminadas ou inacabadas. O que faz com seus quadros, sra. Norris?

O sinal que ela fez para o marido não significava que deixava para ele a tarefa de responder?

– Mirella não tem a pretensão de ser pintora.

Era a primeira vez que ouvia seu nome. Outrora deviam chamá-la de Mireille.

– Na maioria das vezes ela destrói suas obras assim que as termina.

– Um momento, sr. Norris... Peço que me desculpe mais uma vez se sou tão minucioso... Eu às vezes me deparo com pintores... O que fazem quando destroem uma tela?

– Cortam-nas em pedaços, queimam ou jogam no lixo.

– E antes disso?

– Não entendi.

– Estou surpreso que o senhor seja um amador nesse assunto. O senhor acha que também jogam fora os chassis? Ora, nesse armário há três chassis, e todos os três estão novos.

– Às vezes minha mulher dá os quadros com os quais fica menos insatisfeita de presente para amigos.

– São esses quadros que alguém vem buscar de noite?

– De noite ou durante o dia.

– Se todos os quadros são obras da sua mulher, eles devem ser mais numerosos do que disse.

– Há outros...

– O senhor ainda precisa de mim? – perguntou Mirella. – Não preferem descer e tomar uma xícara de chá?

– Ainda não, senhora. Seu marido teve a gentileza de me guiar pela casa, mas não me mostrou o que há atrás daquela porta.

Uma porta maciça, de carvalho escuro, no fundo do ateliê.

– Quem sabe encontremos finalmente algumas das suas obras?

Houve um momento de tensão, de eletricidade no ar. As vozes se tornaram mais opacas, mais cortantes.

– Não creio, sr. Maigret.

– Por que tem tanta certeza?

– Porque esta porta não é aberta há meses, talvez há anos. Antigamente, era o quarto da mulher que minha esposa mencionou há pouco, digamos, o aposento onde ela costumava descansar entre duas sessões de trabalho.

– E o senhor o conserva como um santuário? Depois de tantos anos?

Maigret atacava de propósito para desestabilizar o adversário. Ele sabia que o momento de aproveitar o máximo sua vantagem chegara e que, desta vez, e em caso excepcional, a cena não se situava na sua sala do Quai des Orfèvres, mas no ateliê de uma artista de onde se descortinava o panorama de Paris.

O holandês havia cerrado os punhos, mas mantinha o autodomínio.

– Sr. Maigret, eu tenho certeza de que muitos detalhes da sua vida me pareceriam estranhos, talvez até inexplicáveis, se eu aparecesse na sua sala de surpresa, vasculhasse todos os cantos e fizesse uma pergunta depois da outra à sua esposa. Como sabe, cada pessoa tem uma forma de pensar e de se comportar que é incompreensível para os outros.

"Esta casa é muito grande. Eu praticamente só me ocupo com meus quadros. Nossa vida social é muito restrita, e minha mulher, como ela mesma acabou de dizer para o senhor, se diverte pintando ocasionalmente. O senhor acha surpreendente que ela não se importe com o que acontece com seus quadros, que os queime, jogue no lixo ou dê de presente para amigos?

– Que amigos?

– Eu me vejo obrigado a repetir a mesma resposta que já dei antes no escritório. Seria deselegante da minha parte se eu fosse indiscreto e expusesse outras pessoas aos mesmos aborrecimentos pelos quais estamos passando neste momento porque uns desconhecidos deram alguns tiros na nossa rua.

– Voltemos para essa porta.

– Eu não sei quantos cômodos tem seu apartamento, sr. Maigret. Nesta casa há 32. Quatro empregados entram e saem deles. Já aconteceu de uma camareira ter sido mandada embora por roubo. Nessas condições, a perda de uma chave não espanta ninguém aqui.

– E o senhor não mandou fazer uma cópia?

– Não pensei nisso.

– O senhor tem certeza de que a chave não se encontra na casa?

– Não que eu saiba... Se estiver, nós a encontraremos um dia no lugar menos esperado.

– Posso usar este telefone?

Porque em cima da mesa havia um telefone. Maigret notara que a maioria dos aposentos tinha um também, e que certamente deviam estar conectados entre eles e com o exterior.

– O que vai fazer?

– Chamar um chaveiro.

– Acho que não permitirei que o faça porque tenho a impressão de que o senhor está ultrapassando os seus direitos.

– Então vou telefonar para o Ministério Público e pedir um mandato de busca oficial.

O marido e sua mulher se entreolharam mais uma vez. Mirella pegou o tamborete que estava do lado cavalete e se aproximou do armário. Subiu em cima dele, esticou o braço, passou a mão por cima do móvel e, quando a retirou, segurava uma chave.

– Sabe, sr. Jonker, um detalhe chamou minha atenção, ou melhor, dois detalhes idênticos. A porta desse ateliê tem um trinco, porém, ao contrário do que seria normal, o trinco foi colocado do lado de fora. Agora há pouco, enquanto o senhor falava comigo, eu percebi que o mesmo acontecia com essa porta.

– O senhor pode se surpreender o quanto quiser, sr. Maigret, o que, aliás, o senhor não tem parado de fazer desde que entrou nesta casa. O tipo de vida que o senhor leva e a que nós levamos são diferentes demais para poder entender...

– Como vê, estou tentando...

Maigret pegou a chave que a sra. Jonker entregara para ele e aproximou-se da porta fechada. Seus interlocutores, que pareciam duas silhuetas paralisadas na imensidão do ateliê, não se mexeram, e ele destrancou a porta.

– O senhor disse que esta porta não é aberta há quanto tempo?

– Pouco importa.

– Madame, peço que não se aproxime, e a senhora sabe muito bem por que, mas eu gostaria que seu marido viesse até aqui.

Esforçando-se para aparentar indiferença, o holandês se aproximou de Maigret.

– Em primeiro lugar, o senhor verá que o chão está limpo, sem nenhum rastro de poeira, e, se o tocar, constatará que o assoalho conserva um pouco de umidade em alguns pontos, como se tivesse sido esfregado com água recentemente. Quem limpou este quarto hoje de manhã ou ontem à noite?

Atrás dele, a voz de Mirella respondeu:

– Com certeza não fui eu. Pergunte às camareiras. A não ser que Carl tenha recebido ordens do meu marido...

O quarto não era grande. Como no ateliê, a janela também tinha a vista de Paris, e as cortinas velhas estavam manchadas de tinta. Em alguns pontos poder-se-ia até jurar que alguém pintara com os dedos e depois limpara as mãos nelas.

Num dos cantos havia uma cama de ferro com colchão, porém sem lençóis nem cobertores.

O que mais chamava a atenção era o que dificilmente poderia ser chamado de outra coisa que pinturas de grafites. Nas paredes de um branco sujo, alguém se divertira em rabiscar formas obscenas, como aquelas que se veem em alguns banheiros públicos. A diferença era que, ao invés de serem desenhadas a lápis, haviam usado tintas verdes, azuis, amarelas e roxas.

– Sr. Jonker, eu nem vou perguntar se o senhor atribui esses desenhos à sua antiga namorada... Aliás, uma das silhuetas torna essa hipótese impossível.

Era o retrato de Mirella, rabiscado com alguns traços grosseiros, mais vivo do que muitos quadros do salão.

– O senhor quer uma explicação?

– Seria normal. Como o senhor disse, nossos tipos de vida são muito diferentes. Para mim, talvez seja um pouco difícil entender seu comportamento. Mas, apesar disso, eu tenho certeza de que até seus próprios amigos, aqueles do seu meio, ficariam muito surpresos se descobrissem esses... hum... digamos esses afrescos debaixo do seu teto...

Não apenas haviam reproduzido com um luxo de detalhes as partes do corpo humano que, normalmente, ficam encobertas, mas também cenas reais de um erotismo sem limites. Em contraste, perto da cama, viam-se alguns riscos verticais que lembraram ao comissário aqueles traços que os prisioneiros rabiscam nas paredes para marcar a passagem do tempo.

– A pessoa que morava aqui contava seus dias com tanta impaciência?

– Não entendi.

– O senhor desconhecia a existência desses grafites?

– Já faz muito tempo que estive aqui pela última vez.

– Quanto tempo?

– Eu já disse, alguns meses. Fiquei chocado com o que vi, tranquei a porta e joguei a chave em cima do armário.

– Sua mulher estava presente?

– Não lembro...

– Sra. Jonker, a senhora sabe o que há nas paredes desse quarto?

Mirella confirmou com a cabeça.

– Qual foi sua impressão quando viu seu retrato?

– Eu não chamaria isso de retrato, mas um esboço indefinido, como qualquer pintor costuma rabiscar.

– Eu gostaria que chegassem a um acordo e me dissessem do que se trata.

Todos ficaram calados, e Maigret tirou o cachimbo do bolso sem que ninguém o convidasse.

– Eu me pergunto – murmurou o holandês – se não seria melhor chamar meu advogado. Não conheço as leis francesas o suficiente para saber se o senhor tem o direito de nos interrogar dessa maneira.

– Nesse caso, se não me derem um resposta plausível imediatamente, e se o senhor chamar seu advogado, diga a ele para ir ao Quai des Orfèvres, porque vou levá-los para lá agora mesmo.

– Sem mandato?

– Com ou sem mandato. O mandato estará aqui dentro de meia hora, se for necessário.

O comissário se aproximou do telefone.

– Espere!

– Quem morava nesse quarto?

– É uma velha história... O senhor não prefere descer e continuar nossa conversa enquanto toma uma bebida? Eu gostaria de fumar um charuto e não tenho nenhum aqui.

– Desde que a sra. Jonker nos acompanhe...

Com um andar arrastado, Mirella foi na frente, como se estivesse resignada. Maigret a seguiu com Jonker nos seus calcanhares.

– Aqui? – perguntou Mirella, quando chegaram no salão.

– Prefiro meu escritório.

– O que posso lhe oferecer, sr. Maigret?

– No momento, nada.

Ela viu o copo no qual ele bebera recentemente e que ficara em cima da escrivaninha junto com aquele do marido. A recusa do comissário não indicava que a situação mudara?

O aposento estava mais escuro. O holandês acendeu as luzes, serviu-se um copo de curaçau e lançou um olhar interrogador para sua mulher.

– Não. Prefiro um uísque...

Ele foi o primeiro a sentar, e reassumiu quase exatamente a mesma pose de uma hora antes. Sua mulher ficou em pé, com um copo na mão.

– Há dois ou três anos... – começou o colecionador de quadros, enquanto cortava a ponta do charuto.

O comissário interrompeu-o:

– O senhor já percebeu que nunca diz as coisas com exatidão? Desde que estou aqui, a não ser pelos nomes dos pintores que já morreram há muito tempo, o senhor nunca citou uma data, um nome. O senhor fala de algumas semanas, alguns meses, alguns anos, cedo ou tarde da noite.

– Talvez seja porque o tempo não me preocupa? Sabe, sr. Maigret, eu não preciso estar em tal ou tal hora no escritório, e não preciso prestar contas a ninguém.

Jonker voltara a ser agressivo, e sua arrogância exagerada soava menos verdadeira. Maigret surpreendeu uma inquietação, uma desaprovação no rosto da mulher.

"Você, minha filha", pensou, "sabe por experiência que não adianta nada fazer esse jogo com a polícia..."

Teria sido na sua juventude em Nice, na Inglaterra ou em outro lugar, que tivera contato com ela?

– Sr. Maigret, o senhor tem toda liberdade para acreditar em mim ou não. Há dois ou três anos me indicaram um jovem pintor talentoso que estava numa pobreza tão extrema que dormia debaixo das pontes e vasculhava as latas de lixos para conseguir comer alguma coisa.

– O senhor disse "indicaram". Quem indicou esse rapaz para o senhor? Foi um amigo ou um marchand?

Jonker fez um gesto como se afastasse uma mosca.

– Não importa! Não lembro! De qualquer forma, senti vergonha desse ateliê que não servia para nada.

– Sua mulher ainda não pintava naquela época?

– Não... eu não o teria deixado entrar aqui.

– Como se chama esse amador de pintura de grafite?

– Eu só o conheci pelo primeiro nome.

– Qual?

Uma pequena pausa...

– Pedro.

Era evidente que Jonker estava inventando.

– Um espanhol? Italiano?

– Sabe que nunca me preocupei em saber? Coloquei o ateliê e o quarto à sua disposição. Dei dinheiro a ele para comprar tintas e telas.

– E de noite o senhor o trancava para impedir que frequentasse os bordéis e outros lugares mal-afamados?

– Eu não o trancava.

– Então, por que os trincos do lado de fora?

– Foram colocados quando a casa foi construída.

– Por quê?

– O motivo é muito simples. O senhor não é um colecionador, então não pode saber. Durante muito tempo, guardei nesse ateliê os quadros que não tinham mais lugar nas paredes. Já que era impossível trancá-los pelo lado de dentro, o mais lógico era trancá-los por fora.

– Pensei que o ateliê havia sido arrumado para sua namorada-pintora.

– Digamos que os trincos foram colocados quando ela já não morava mais aqui.

– Aquele do quarto de dormir também?

– Eu não tenho nem certeza se pedi ao chaveiro para colocar um trinco naquela porta.

– Voltando a Pedro...

– Ele morou alguns meses aqui.

– *Alguns* – frisou Maigret, e Mirella não pode deixar de sorrir.

O holandês começava ficar impaciente. Ele devia ter um autodomínio fora do comum para não explodir de raiva.

– Ele era talentoso?

– Muito.

– Fez carreira? Tornou-se um pintor conhecido?

– Não sei... Estive algumas vezes no ateliê e fiquei admirado com seus quadros.

– O senhor comprou algum?

– Por que compraria os quadros de um homem para quem eu dava cama e comida?

– Então, o senhor não tem nenhuma das suas obras? Ele não teve a ideia de lhe dar uma de presente antes de ir embora?

– O senhor por acaso viu nesta casa um único quadro com menos de trinta anos? Muitas vezes, um apreciador de pintura é também um colecionador. E cada colecionador limita seus interesses dentro de uma área determinada. Por exemplo, eu comecei com Van Gogh e terminei com Modigliani.

– Pedro comia as refeições lá em cima?

– Acho que sim.

– Era Carl quem o servia?

– Esses detalhes são com minha mulher.

– Era Carl – confirmou Mirella, sem muita convicção.

– Ele saía muito?

– Como todos os rapazes da sua idade.

– Por falar nisso, que idade tinha?

– Vinte e dois ou 23 anos. Ele acabou fazendo amizades. No início, só trazia um ou dois amigos de cada vez. Depois exagerou. Algumas noites eram quase vinte, e faziam tanto barulho em cima do apartamento da minha mulher que ela não conseguia dormir.

– A senhora nunca teve a curiosidade de subir até lá para verificar o que estava acontecendo?

– Meu marido se encarregou disso.

– E qual foi o resultado?

– Ele expulsou Pedro de casa, mas antes deu um pouco de dinheiro para ele.

– Foi então que descobriram os grafites?

Jonker balançou a cabeça afirmativamente.

– A senhora também? Nesse caso, seu retrato deve ter revelado que Pedro estava apaixonado pela senhora. Ele chegou a cortejá-la?

– Sr. Maigret, se o senhor continuar nesse tom eu serei obrigado a avisar meu embaixador sobre sua maneira de agir – reclamou Jonker, muito sério.

– O senhor também vai mencionar as pessoas que se esgueiram para dentro da sua casa nos finais de tarde e passam uma parte ou toda a noite aqui?

– Eu achava que conhecia os franceses...

– E eu achava que conhecia os holandeses...

Mirella interveio:

– E se vocês parassem com essa discussão? Eu entendo porque meu marido fica irritado quando tem que ouvir certas perguntas, principalmente sobre mim. Por outro lado, entendo a dificuldade do comissário para aceitar nosso tipo de vida. Quanto a essas mulheres, sr. Maigret, eu sempre soube sobre elas, antes mesmo de nos casarmos. O senhor ficaria surpreso se soubesse quantos maridos se encontram na mesma situação. A maioria se esconde, principalmente nos círculos mais conservadores. Norris prefere a sinceridade, e eu considero isso uma homenagem à minha inteligência e ao meu afeto.

Maigret notou que ela não mencionara a palavra amor.

– E acredito que o fato de ele não ter nada para esconder explica a imprecisão de algumas das suas respostas e contradições aparentes.

– Então vou fazer uma pergunta direta. Até que horas a senhora ficou no ateliê ontem à noite?

– Não sei ao certo porque não uso relógio quando estou trabalhando e, como o senhor deve ter observado, lá em cima não há nenhum... Mandei minha camareira se deitar por volta das onze horas...

– A senhora estava no andar de cima?

– Estava. Ela veio me perguntar se deveria me esperar para me ajudar a me preparar para ir para a cama.

– A senhora estava trabalhando no quadro que estava no cavalete agora há pouco?

– Demorei muito até encontrar um tema enquanto segurava um trapo numa das mãos e um lápis de carvão na outra...

– Qual é o tema daquele quadro?

– Digamos que seja uma harmonia... A pintura abstrata não acontece ao acaso... Talvez exija mais reflexão e tentativas do que a pintura figurativa.

– Estávamos falando de horas...

– Devia ser uma hora da manhã quando desci para o meu apartamento.

– A senhora apagou a luz do ateliê?

– Acho que sim. É um gesto automático.

– A senhora usava a mesma roupa branca e o mesmo turbante que hoje?

– Na verdade, é um velho roupão de banho e uma toalha. Eu pinto apenas para me distrair. Seria ridículo comprar a roupa de um profissional.

– Seu marido já havia ido se deitar? A senhora não foi dar boa-noite a ele?

– Não costumamos fazer isso quando vou dormir depois dele.

– Por medo de encontrá-lo na companhia de uma das suas visitantes?

– Se quiser...

– Acho que estamos quase terminando...

Ele sentiu os dois relaxarem, mas, de sua parte, era uma velha artimanha. Reacendeu o cachimbo lentamente e deu a impressão de que vasculhava a mente para ver se não esquecera nada.

– Sr. Jonker, há pouco o senhor enfatizou, com muito tato, que eu não sei nada sobre a forma de pensar, nem sobre os fatos, ou as reações, de um amador de arte. Quando examinei sua biblioteca, eu constatei que o senhor acompanha os leilões mais importantes. O senhor compra muito e, em certos momentos, é obrigado a guardar os quadros no ateliê por falta de espaço nas paredes. Posso concluir que o senhor vende as peças das quais não gosta mais?

– Vou tentar me explicar de uma vez por todas. Herdei alguns quadros do meu pai, que não era apenas um grande financista, mas foi um dos primeiros que descobriu aqueles artistas dos quais os museus disputam as obras atualmente. Embora sejam vultuosos, meus rendimentos não me permitem fazer compras ilimitadas dos quadros que eu gostaria ter. Como qualquer colecionador, comecei comprando peças menos importantes, digamos, obras menores, dos grandes mestres. Aos poucos, e à medida que se valorizavam, e meu gosto ficava mais apurado, comecei a vender uma parte desses quadros para comprar obras mais famosas.

– Desculpe se o interrompo. O senhor vendeu e comprou nos últimos tempos?

– Sim, e tenho a intenção de continuar vendendo e comprando até minha morte.

– Essas obras de arte que o senhor vende, o senhor as manda para o Hôtel Drouot ou as deixa em consignação com um marchand?

– Já me aconteceu, embora o faça raramente, de mandar um quadro para um leilão. Mas as peças vendidas nos leilões geralmente são provenientes de heranças. Um colecionador prefere agir de outra forma.

– Como assim?

– Ele conhece o mercado. Por exemplo, sabe que um museu dos Estados Unidos está procurando um Renoir ou um Picasso da fase azul. Se quiser se desfazer de um quadro como esse, ele começa a entrar em contato com certas pessoas.

– Isso explicaria por que os vizinhos viram quadros saírem da sua casa?

– Aqueles e os quadros da minha mulher.

– Sr. Jonker, poderia me fornecer os nomes de alguns dos seus compradores? Digamos, por exemplo, apenas daqueles do ano passado?

– Não.

Um não frio e categórico.

– Devo concluir que se trata de um negócio clandestino?

– Não gosto dessa palavra. Esse tipo de transação é feita discretamente. Por exemplo, a maioria dos países regulamenta a saída de obras de arte para proteger o patrimônio nacional. Os museus não exercem apenas um direito preferencial, mas também proíbem a exportação. No salão, o senhor verá uma das primeiras obras de Chirico, que cruzou a fronteira com a Itália clandestinamente, e um Manet que veio da Rússia, por mais incrível que pareça. Entende agora por que não posso fornecer nomes? Uma pessoa compra um dos meus quadros. Eu o entrego ao comprador. Ele me paga, e eu não preciso mais me preocupar com o que é feito dele.

– O senhor não sabe?

– Não quero saber. Não me diz mais respeito. Tanto quanto descobrir o caminho percorrido por uma obra de arte que comprei.

Maigret levantou-se. Ele tinha a impressão de estar naquela casa há uma eternidade, e o ambiente silencioso, quase irreal, começava a pesar sobre ele. Além disso, estava com sede, mas, considerando o ponto em que ele e Jonker estavam, não tinha mais o direito de aceitar uma bebida.

– Sra. Jonker, peço desculpas por ter interrompido seu trabalho e estragado sua tarde.

O olhar de Mirella não continha uma pergunta?

Ele parecia dizer: "Não terminou, não é mesmo? Conheço os métodos da polícia, o senhor não vai desgrudar de nós, e eu me pergunto que armadilha está preparando..."

Ela se voltou para seu marido, hesitou, abriu a boca, virou-se novamente para Maigret e murmurou simplesmente:

– Foi um prazer conhecê-lo...

Jonker, que também ficara em pé, apagou o charuto no cinzeiro.

– Lamento ter perdido meu sangue-frio em alguns momentos. Nunca deveríamos esquecer nossos deveres de anfitrião...

Ninguém chamou o mordomo para conduzi-lo até a porta, mas o holandês foi na frente e abriu-a. Lá fora, o ar fresco tinha um sabor de umidade e poeira. Um halo começava a se formar em torno das lâmpadas acesas dos postes.

Em frente, as janelas de Marinette Augier estavam escuras. Tampouco havia luz no primeiro andar do prédio vizinho, porém, o rosto de um velho estava colado no vidro da janela.

Maigret quase acenou amigavelmente para o velho Maclet, que se mantinha fiel no seu posto. Ele chegou a hesitar se batia ou não na sua porta, mas assuntos mais urgentes o aguardavam.

O que não o impediu de pegar um táxi na Rue Caulaincourt, entrar num bistrô e beber dois copos grandes de cerveja, um depois do outro.

CAPÍTULO VI

O BÊBADO DESCALÇO

NOS BISTRÔS DE BAIRRO, os hábitos são reconhecidos rapidamente. Porque bebera um grogue de manhã, o proprietário das mangas arregaçadas pareceu surpreso quando seu cliente pediu uma cerveja. E quando Maigret pediu uma ficha de telefone, perguntou:

– Só uma?

A pessoa que antecedera Maigret na cabine telefônica devia ter ingerido inúmeras doses de *calvados*, porque o ar continuava empestado e até o telefone fedia a destilado de maçãs.

– Alô! Quem fala?

– Inspetor Neveu.

– Lucas está na sua sala?

– Vou chamá-lo... Um momento... Ele está na outra linha.

Sem pressa, o comissário olhou distraidamente em volta, para a decoração tranquilizadora do pequeno café, com seu balcão de bronze e suas garrafas de formas e etiquetas tão conhecidas. Os jornais falavam com indulgência ou inquietação de um mundo que mudava a uma velocidade vertiginosa, enquanto ele tinha debaixo dos seus olhos, depois de tantos anos e uma guerra mundial, as marcas dos aperitivos que via no albergue da sua pequena cidade quando era criança.

– Desculpe, chefe...

– Eu quero que mande vigiar a casa de um tal de Norris Jonker, na Avenue Junot, o mais rápido possível. Ela fica em frente ao prédio de onde Lognon saiu quando atiraram nele. Mande pelo menos dois homens e um carro.

– Não sei se ainda há um carro no pátio. Parece que não...

– Vire-se... Eles precisam seguir o casal Jonker e as visitas ocasionais também... seja rápido.

Dentro do táxi, que passava apressado pelas luzes da cidade, Maigret se sentia com um humor estranho. Ele deveria estar satisfeito porque não se deixara impressionar pelo holandês, por sua arrogância e sua riqueza, nem pela beleza madura de Mirella.

Raramente coletava tantos detalhes num único dia sobre um caso do qual ignorava tudo quando se levantara de manhã. A casa do colecionador de arte não apenas criara vida e denunciara uma boa quantidade de pequenos segredos, mas a Avenue Junot, que ele achava que conhecia, adquirira uma nova feição.

Então, por que se sentia vagamente inquieto e insatisfeito consigo mesmo? Ele se questionava, tentava encontrar uma resposta, e somente conseguiu identificar o motivo do mal-estar quando passou pelo Pont-au-Change e viu a silhueta conhecida do velho Palácio de Justiça.

Embora tivesse permanecido a maior parte do tempo no escritório de Norris Jonker, visitado a casa de cima em baixo, e a cena mais dramática tivesse ocorrido no ateliê do segundo andar, não era desses lugares que Maigret se recordava mais.

A imagem gravada na sua memória, tão obstinada como um refrão de uma canção, era a do pequeno quarto com a cama de ferro, e de repente ele entendeu o motivo da sua inquietação.

Como um close-up cinematográfico, reviu os desenhos obscenos rabiscados nas paredes brancas em grandes pinceladas vermelhas, pretas e azuis. Quando tentou lembrar-se de Mirella Jonker, era seu retrato desenhado em traços amplos e sórdidos que permanecia mais vivo na sua mente.

Aquele, ou aquela, que criara aquela imagem, com um frenesi apaixonado, e que a rodeara de símbolos sexuais delirantes, não seria um louco, ou uma louca, ou simplesmente o fruto de uma insanidade? Os desenhos de loucos que vira não tinham essa mesma força e esse mesmo poder alucinante de uma evocação?

Era incontestável que o quarto fora ocupado recentemente. Senão, por que o teriam lavado nas últimas horas? E por que não haviam ousado pintar as paredes na cor original?

Maigret subiu lentamente os degraus da grande escadaria da P.J. Como costumava fazer muitas vezes, não foi direto para sua sala, mas passou primeiro na sala dos inspetores. Debaixo das lâmpadas acesas, cada um trabalhava na sua mesa como se fosse aluno de uma escola noturna.

Ele não olhou para ninguém em especial, mas retomar contato com o local de trabalho e sua atmosfera profissional o tranquilizava.

E, como se fosse um professor que passa pelos alunos entre as carteiras, ninguém levantou a cabeça, porém todos sabiam que estava sério, ansioso, e que seu rosto não estava apenas marcado pelo cansaço, mas por uma espécie de esgotamento.

– Minha mulher ligou?

– Não, chefe.

– Ligue para minha casa. Se ela não estiver, tente a casa de Lognon.

... Talvez não fosse um louco de verdade, não daqueles que precisam ser internados numa clínica psiquiátrica, mas alguém violento, incapaz de refrear seus instintos...

– Alô! É você?...

Ela voltara para casa e devia estar preparando o jantar.

– Já voltou há muito tempo?

– Há mais de uma hora. Sabe, acho que ela não faz tanta questão assim da minha presença. Ficou muito lisonjeada por eu ter me incomodado por causa dela, mas não se sente à vontade comigo... Prefere muito mais a presença da velha senhora do rosário... Juntas, elas podem se lamentar o quanto quiserem e falar sem parar dos seus pequenos sofrimentos... Comprei alguns doces numa loja do bairro... Coloquei um pouco de dinheiro na mão da velha, que não pestanejou, e prometi que passaria amanhã de manhã... E você? Vem jantar em casa?

– Ainda não sei... duvido...

– Como vai Lognon?

– Segundo as últimas notícias, continua vivo, mas acabo de chegar no trabalho...

– Até mais tarde, espero...

– Até mais tarde...

Ele não a chamava pelo primeiro nome, nem ela pelo seu. Ela não dizia "querido" e ele não dizia "querida". Para quê, se de alguma forma sentiam que eram a mesma pessoa? Maigret desligou, e abriu a porta.

– Janvier está aí?

– Estou indo, chefe...

Sentado na sua escrivaninha, e enquanto arrumava os cachimbos, Maigret pediu:

– Comece por Lognon.

– Telefonei para o hospital há uns dez minutos. A enfermeira-chefe está começando a perder a paciência... Estado estacionário... Os médicos não esperam que ocorra uma mudança antes de amanhã, no mais tardar... Lognon está em coma e quando abre os olhos não sabe onde está, quem está perto dele ou o que está acontecendo com ele...

– Esteve com o ex-noivo de Marinette Augier?

– No escritório dele. Ele ficou apavorado com a ideia de o pai ficar sabendo que eu era da polícia. Parece que é um homem muito severo, que faz os funcionários tremerem... Jean-Claude não passa de um bonitão, um fracote, sem força de vontade... Ele me levou para fora e fingiu que eu era um cliente na frente da recepcionista...

– Eles fabricam o quê?

– Tubos metálicos de sei lá o quê, cobre, ferro, ferro fundido. É uma daquelas grandes empresas sombrias, como as da Avenue de la République e do Boulevard Voltaire... Ele me levou para um café afastado do escritório... Os jornais da tarde mencionam os tiros e os ferimentos de Lognon, mas nada sobre Marinette... Jean-Claude nem os havia lido...

– Ele cooperou?

– Ele tem tanto medo do pai e de tudo que poderia complicar sua vida em geral que teria confessado todos os seus pecados da juventude. Eu disse a ele que Marinette havia deixado seu apartamento de repente e que precisávamos do seu testemunho com urgência.

"– Vocês estiveram noivos durante quase um ano...

"– Ora, sabe, noivos... o termo é exagerado...

"– Ou muito fraco, já que você costumava passar uma ou duas noites por semana na casa dela...

"Ele ficou muito chateado porque sabíamos disso.

"– De qualquer forma, se está grávida, a criança não é minha, porque não nos vemos há mais de nove meses...

"Dá para perceber que tipo de gente é, chefe. Pedi que ele falasse sobre os fins de semana que passavam juntos.

"– Certamente deve haver lugares onde vocês preferiam ir... O senhor tem carro?

"– Claro que tenho.

"– Vocês iam à praia ou ficavam nos arredores de Paris?

"– Nos arredores de Paris... Mas não íamos sempre para o mesmo lugar... Escolhíamos um albergue, quase sempre à beira da água... Marinette adorava nadar e remar... Ela não gostava de ficar em hotéis, em lugares elegantes e sofisticados... No fundo seus gostos eram bem populares...

"Acabei extraindo dele uma meia dúzia de endereços e lugares onde haviam estado várias vezes: pousada du Clou, em Courcelles, no vale de Chevreuse; pousada de Melanie, em Saint-Fargeau, entre Corbeil e Melun; pousada Felix e Felicie, em Pomponne, na margem do rio Marne, perto de Lagny. Ela tinha um fraco por este porque não passava de um bistrô do interior, com dois quartos e sem água corrente...

"E ainda, Creguy, nos arredores de Meaux, um café-restaurante a céu aberto, do qual não ele não se lembrava o nome... O proprietário é meio surdo. Também estiveram na La Pie qui Danse, que fica no campo, entre Meulan e Apremont... Almoçaram uma vez no Coq Hardy, em Bougval..."

– Você verificou?

– Achei melhor ficar aqui e centralizar as informações. Eu poderia ter telefonado para a polícia das várias cidadezinhas, mas tive medo que assustassem a moça sem querer... Talvez seja um pouco irregular porque esses lugares estão fora da nossa jurisdição, mas achei que o senhor estava com pressa.

– E?

– Mandei um homem em cada direção: Lourtie, Jamin e Lagrume.

– Cada um foi num carro?

– Foi – admitiu Janvier, preocupado.

– Então é por isso que Lucas disse que provavelmente não havia mais nem um carro disponível?

– Desculpe...

– Fez muito bem. Algum resultado até agora?

– Somente do Auberge du Clou... Não encontraram nada... Os outros não vão demorar para apresentar seus relatórios.

Maigret fumava o cachimbo em silêncio, como se tivesse esquecido da presença do inspetor.

– O senhor ainda precisa de mim?

– No momento não. Não saia sem me avisar. E diga a Lucas para não sair também.

Ele precisava andar rápido. Depois da sua longa visita à casa do holandês naquela tarde, ele tinha o pressentimento de que alguém estava sendo ameaçado, mas não conseguia afirmar sobre quem pesava essa ameaça.

Lógico que haviam feito de tudo para mostrar um cenário para ele. Se os quadros pendurados nas paredes eram autênticos, todo o resto que vira e ouvira não seria falso?

– Ligue para o Setor de Estrangeiros.

Eles não levaram mais do que dez minutos para fornecer o nome de solteira da sra. Jonker. Seu primeiro nome não era Mireille, como Maigret pensara por causa de "Mirella" e suas origens meridionais, mas simplesmente Marcelle, sendo que seu nome de família era Maillant.

– Por favor, me ligue com a P.J. de Nice. Comissário Bastiani de preferência...

Como não podia se afastar da mesa, olhava em todas as direções, sem nenhum objetivo preciso.

– Alô! Bastiani? Como vai, meu velho?... Como está o tempo?... Aqui choveu durante três dias e só parou hoje, ao meio-dia, mas o tempo continua encoberto... Ouça, eu queria que seus homens verificassem uma coisa rapidamente em alguns documentos antigos... Se não encontrarem nada lá, eles poderiam tentar o Palácio de Justiça... Trata-se de uma certa Marcelle Maillant, nascida em Nice, provavelmente no velho bairro, nas cercanias da Sainte-Reparate...

"Ela tem 34 anos. Casou com um inglês, sobrenome Muir, que fabrica rolamentos em Manchester, depois viveu alguns anos em Londres, onde casou com Norris Jonker, um holandês rico, e atualmente mora em Paris.

"É uma mulher lindíssima, do tipo para a qual as pessoas se voltam na rua... Alta, morena, daquelas que qualquer roupa cai bem... Uma mulher da sociedade, mas com algo que me incomoda... Dá para entender? Há algo errado, não sei o quê, e a maneira como olhou para mim só confirma minhas suspeitas.

"Sim. É muito urgente... Eu posso jurar que estão planejando alguma coisa ruim e quero impedir que aconteça... Por falar nisso, você conheceu Lognon quando esteve na Rue des Saussaies?... Isso mesmo, o Sem Graça... Atiraram nele ontem à noite... Não, não morreu, mas ninguém sabe se vai sobreviver... É, é esse caso mesmo... Eu me pergunto por que e até que ponto ela está metida nisso... Suas informações talvez me deem a resposta... Vou estar na minha sala... A noite inteira se for preciso..."

Maigret sabia perfeitamente que Bastiani e seus homens fariam de tudo para ajudar quando soubessem que a investigação estava ligada a um colega que havia sido ferido. Para eles era uma questão de honra.

Durante uns bons cinco minutos Maigret deu a impressão de estar sonhando acordado, de tirar uma soneca, até que estendeu o braço e pegou o telefone.

– Me ligue com a Scotland Yard... É prioritário... Com o inspetor Pyke... Espere... Não! Com o inspetor-chefe Pyke...

Os dois haviam se conhecido quando o ilustre *Mr.* Pyke estivera na França para atualizar-se sobre os métodos da P.J. francesa e, especialmente, sobre os métodos de Maigret, que não tinha absolutamente nenhum.

Depois haviam se encontrado duas vezes em Londres e tornaram-se bons amigos. Há alguns meses, Maigret ficara sabendo que Pyke fora promovido.

Se conseguiu falar com a Scotland Yard em apenas três minutos, precisou esperar quase outros dez até conseguir falar com o colega e mais alguns para dar os parabéns num inglês péssimo, de um lado, e ouvir a resposta do outro lado em um francês pior ainda.

– ... Sim, Maillant... M de Maurício, A de André...

Ele teve que soletrar os nomes.

– ... Muir... M de Maurício, outra vez... U de Úrsula...

"– Eu conheço esse nome. Não é *Sir* Herbert Muir?... De Manchester?... A Rainha o sagrou *Sir* há três anos..."

– Segundo marido: Norris Jonker...

Soletrou os nomes outra vez, e aproveitou para mencionar que o holandês servira no exército inglês e que seu posto era de coronel.

– Pode ser que entre esses dois homens tenha havido outros... Parece que ela morou em Londres um tempo, não deve ter ficado sozinha...

Maigret teve o cuidado de acrescentar que se tratava de um atentado contra um policial, ao que *Mr.* Pyke respondeu, muito sério:

"– Aqui o culpado seria enforcado, tanto faz se fosse um homem ou uma mulher. Enforcamos sempre, quando se trata de crimes contra a polícia."

Como Bastiani, Pyke prometeu que voltaria a ligar.

Eram seis e meia da tarde. Quando abriu a porta que dava para a grande sala, Maigret deparou-se apenas com quatro ou cinco inspetores.

– Nada no restaurante de Melanie nem em Saint-Fargeau, chefe. Como eu esperava, nada também no Coq Hardy nem no La Pie qui Danse... Sobra apenas a região do Marne, porque o Vale de Chevreuse e a região da Seine também não deram em nada...

Maigret ia voltar para sua sala quando o inspetor Chinquier apareceu muito agitado.

– O comissário está aqui?

Chinquier o viu ao mesmo tempo em que fazia a pergunta.

– Tenho novidades... preferi vir pessoalmente do que telefonar...

– Entre...

– Deixei uma testemunha na antessala, achei que o senhor talvez quisesse interrogá-lo...

– Sente-se, conte primeiro o que aconteceu.

– Posso tirar o sobretudo? Estou tão excitado que estou suando em bicas... Pronto!... Como o senhor havia pedido, os homens do 18º *arrondissement* passaram a Avenue Junot e imediações a pente fino... Ficaram horas lá e, além do velho Maclet, tudo deu em nada. Então, de repente, recebi uma informação que me pareceu extremamente importante...

"Nós já havíamos passado por aquele prédio no início da tarde e interrogado a zeladora e os inquilinos que estavam em casa, que eram poucos e principalmente mulheres, porque os homens estavam trabalhando... É aquele prédio de dois andares, com uma loja embaixo, que fica bem no início da avenida... No instante em que um dos meu colegas passava por lá novamente, faz menos de uma hora, um homem estava na portaria pegando a correspondência, um tal de Langeron, um vendedor de aspiradores de porta em porta... Eu o trouxe para cá... É um cara muito chato, mais habituado a ser posto para fora das casas do que a ser recebido de braços abertos... Mora sozinho num quartinho do terceiro andar, não tem hora certa para trabalhar e espera sempre topar com as pessoas no momento mais favorável... Em geral, ele mesmo prepara suas refeições, mas quando consegue fechar uma venda janta num restaurante... Foi o que aconteceu ontem... Entre as seis da tarde e oito da noite, quando as pessoas geralmente estão em casa, vendeu dois aspiradores, depois tomou um aperitivo numa brasserie da Place Clichy e jantou fartamente num pequeno restaurante da Rue Caulaincourt... Pouco antes das dez da noite, voltou a pé para casa pela Avenue Junot, carregando seu aspirador de demonstração na mão... Na altura da casa do holandês havia um carro estacionado, um Jaguar amarelo, e o número da placa chamou sua atenção porque tinha dois T vermelhos... Ele estava a poucos metros do carro quando a porta da casa se abriu..."

– Ele tem certeza de que era a porta do prédio dos Jonker?

– Ele conhece os prédios da Avenue Junot como a palma da mão porque, é claro, já tentou vender aspiradores por ali... Preste atenção: dois homens saíram carregando um terceiro, que estava tão bêbado que mal se aguentava em pé... Quando os dois, digamos, começaram a enfiar o bêbado dentro do carro, eles viram Langeron, e quase voltaram para dentro da casa, mas um deles resmungou:

"– Vamos! Anda, seu imbecil! Não tem vergonha de ficar num estado desses?"

– Foram embora com ele?

– Espere, não terminei. Em primeiro lugar, o vendedor de aspiradores garante que o homem falava com um sotaque inglês muito forte e, em segundo lugar, que o bêbado não usava nem meias nem sapatos. Parece que os pés descalços se arrastavam pela calçada... Os dois homens enfiaram o bêbado no banco de trás, um deles sentou ao lado dele para segurá-lo, enquanto o outro pegava o volante... O carro saiu a toda velocidade. Quer que o traga para cá?

Certo de que agora tinha ainda menos tempo a perder, Maigret hesitou um instante.

– Leve-o para a outra sala e anote seu depoimento. Preste atenção para não esquecer nada. Qualquer detalhe pode ser importante.

– E depois? O que faço?

– Depois venha me ver.

Ontem, àquela mesma hora, ele se obstinava com o jovem Bauche, a quem chamavam de Jeannot, e à uma da manhã arrancava a confissão que possibilitara a prisão de Gaston Nouveau.

Maigret começava a se perguntar se a luz também não ficaria acesa na sua sala até Deus sabe que horas naquela noite. Era algo que raramente acontecia duas vezes seguidas. De duas em duas horas, quase sempre havia uma pausa e, paradoxalmente, se essa pausa se prolongava, Maigret ficava de mau humor e indisposto.

– Departamento de Trânsito! Rápido!

Ele não se lembrava ter visto nenhum Jaguar amarelo, uma cor incomum para um carro inglês. A sigla TT indicava que o carro entrara na França com um proprietário estrangeiro que ficaria pouco tempo no país e que, por conseguinte, não pagaria impostos alfandegários.

– Quem trata dos TT aí?... Rorive?... Ele não está?... Já foram todos embora?... Mas você está aí, não é mesmo?... Presta atenção, meu filho... Você vai ter que se virar como puder... Ou você pega a informação que eu preciso no escritório de Rorive ou telefona para ele e pede que venha imediatamente... Não importa se estiver jantando... Entendeu?... Trata-se de um Jaguar... É, Jaguar... O carro ainda estava circulando em Paris ontem. É amarelo e tem uma placa TT... Não, não sei o número... Seria bom demais... Mas em Paris não deve haver mais que meia dúzia de Jaguar amarelos com a matrícula TT...

– Ande o mais rápido que puder e quando tiver as informações me telefone, estarei no Quai... Eu preciso do nome do dono do carro, endereço, a data em que entrou na França... Até já... E peça desculpas por mim a Rorive se precisar incomodá-lo... Fico devendo a ele... Diga que se trata do cara que atirou em Lognon... Sim, o inspetor do 18º *arrondissement*...

Entreabriu a porta e chamou Janvier.

– Alguma novidade do Marne?

– Ainda não. Talvez Lagrume tenha tido uma pane...

– Que horas são?

– Sete horas...

– Estou com sede... Mande trazer umas cervejas... E já que vai ligar para o bar, peça também uns sanduíches...

– Para quantas pessoas?

– Não sei... uma pilha de sanduíches...

Maigret começou a caminhar para cima e para baixo com as mãos atrás das costas, depois pegou o telefone novamente.

– Por favor, ligue para minha mulher...

Para avisar que não jantaria em casa.

Ele mal desligara quando a campainha do telefone tocou. Ele correu para atender.

– Alô!... Sim... Bastiani?... Então foi mais fácil do que você pensava? ... Teve sorte... Muito bem... Pode falar...

Ele sentou na cadeira da escrivaninha, puxou um bloco de papel e pegou um lápis.

– Como é mesmo o nome?... Stanley Hobson... Como?... É uma longa história?... Faça um resumo, mas não esqueça nada... Claro que não, meu amigo... Só estou um pouco nervoso hoje... Estou convencido de que precisamos tratar deste caso o mais rápido possível... É por causa de um bêbado descalço, ele não sai da minha cabeça... Bom... Pode falar...

O caso acontecera há dezesseis anos. Um tal de Stanley Hobson, fichado na Scotland Yard como ladrão de joias, havia sido preso num dos grandes hotéis da Promenade des Anglais, em Nice. Vários roubos de joias haviam sido cometidos nas mansões de Antibes e Cannes, e outro no quarto do hotel onde Hobson estava hospedado.

No momento da sua prisão, Hobson estava com uma moça que ainda não completara dezoito anos, e era sua amante há várias semanas.

Ela fora levada com ele. Os dois haviam sido interrogados durante três dias. Vasculharam o quarto. Também vasculharam o apartamento da mãe da moça, que morava na parte antiga de Nice e trabalhava no mercado das flores.

Nenhuma joia foi encontrada. O casal foi solto por falta de provas e, dois dias depois, cruzaram a fronteira com a Itália.

Em Nice, ninguém mais ouviu falar de Hobson nem de Marcelle Maillant – era exatamente dela que se tratava.

– Você sabe o que foi feito da mãe?

– Ela se aposentou e mora há vários anos num apartamento confortável na Rue Saint-Sauveur. Mandei um dos meus homens para lá, mas ele ainda não voltou. A filha certamente deve mandar dinheiro para ela...

– Obrigado, Bastiani. Até mais tarde, espero...

Como Maigret costumava dizer, a máquina começava a girar, e nesses momentos ele bem que gostaria que todos os escritórios funcionassem 24 horas por dia.

– Lucas, vem cá um instante... Vá até os arquivos... Espero que ainda tenha alguém lá... Anota o nome... Stanley Hobson... Segundo Bastiani, ele hoje deve ter entre 45 e 48 anos... Não tenho sua descrição, mas há quinze anos a Scotland Yard mandou sua ficha para todos os departamentos de polícia informando que era um ladrão de joias internacional...

"Se for preciso, suba até os arquivos antigos... É bem possível que tenham alguma coisa sobre ele..."

Lucas foi embora, e Maigret olhou para o telefone com reprovação, como se reclamasse por não estar tocando sem parar. Chinquier bateu na porta.

– Terminei, senhor comissário. O relatório está pronto e Langeron o assinou. Ele perguntou se pode ir jantar. O senhor realmente não quer vê-lo?

Maigret deu uma olhada rápida pela porta entreaberta. O homem era comum, apagado.

– Diga que vá comer e que depois volte para cá. Nunca se sabe! Eu ainda não sei se vou precisar dele, nem quando, mas já temos pessoas demais espalhadas por aí...

– E eu faço o quê?

– Você não está com fome? Não costuma jantar?

– Eu preferia fazer alguma coisa...

– Então é melhor voltar para o 18º *arrondissement* para me manter informado sobre o que está acontecendo no bairro.

– O senhor tem alguma esperança?

– Se não tivesse, eu teria ido jantar com minha mulher e assistido televisão...

Quando o telefone tocou, o garçom da Brasserie Dauphine ainda estava na sala de Maigret, onde deixara uma bandeja cheia de copos de cerveja e sanduíches.

– Bom... muito bem!... Ed?... Apenas Ed?... Um americano?... Entendi... Até os presidentes usam um diminutivo... Ed Gollan... Com dois L?... Você tem o endereço?... Como?

O rosto de Maigret ficou sombrio. Tratava-se do dono do Jaguar amarelo.

– Você tem certeza que não tem outro em Paris?... Muito bem!... Obrigado, meu velho... Vou ver se dá em alguma coisa, mas eu teria preferido que ele não fosse um hóspede do hotel Ritz...

Maigret voltou para a sala dos inspetores.

– Preciso de dois homens para virem comigo de carro... Espero que já tenha algum lá embaixo.

– Dois acabam de chegar.

Um instante depois falava no telefone novamente.

– É do Ritz?... Telefonista, eu queria falar com a portaria, por favor... Alô! É da portaria?... É você, Pierre?... É Maigret...

Ele fizera várias investigações no hotel da Place Vendôme, um dos mais seletos de Paris, sempre com a mesma necessária discrição.

– O comissário, sim... Preste atenção no que vou dizer e não mencione nomes... A entrada deve estar cheia a esta hora... Você tem um hóspede chamado Gollan?... Ed Gollan...

– Espere um momento, comissário. Vou transferir a ligação para uma das cabines telefônicas.

Pouco depois, Pierre confirmava:

– Ele está hospedado aqui... costuma vir com frequência... é um americano de São Francisco, viaja muito, vem a Paris três ou quatro vezes por ano... Em geral costuma ficar uns vinte dias... Que idade ele tem?... trinta e oito anos... Não parece um homem de negócios, mas um intelectual... De acordo com o passaporte, é crítico de arte e, segundo dizem, um especialista com uma reputação mundial... O diretor do Louvre se encontrou com ele aqui várias vezes, e ele também recebeu a visita de alguns grandes marchands...”

– Ele está no quarto agora?

– Que horas são?... Sete e meia... Talvez esteja no bar...

– Você pode verificar discretamente?

Outra espera.

– Está sim...

– Sozinho?

– Na companhia de uma bela mulher.

– Ela está hospedada no hotel?

– Não, não é do tipo que se hospeda aqui. Ela costuma vir tomar um drinque com ele, depois saem para jantar...

– Você poderia me avisar quando se movimentarem para sair do hotel?

– Eu só não posso mantê-los aqui...

– Basta me telefonar... E obrigado!...

Maigret chamou Lucas.

– Preste muita atenção. É importante e delicado. Você vai correndo até o Ritz com um dos inspetores... Lá, pergunte ao porteiro em meu nome se Ed Gollan ainda está no bar... Se, como espero, estiver, deixe seu colega na entrada e se aproxime discretamente de Gollan e sua companheira... Não precisa mostrar o distintivo nem sussurrar a palavra polícia... Diga que se trata do carro dele, que precisamos de uma informação, e insista para que venha com você...

– E a mulher? Trago ela também?

– Só se ela for alta e morena, muito bonita e se chamar Mirella.

Lucas olhou gulosamente para os copos de cerveja gelados que ainda transpiravam, mas se afastou em silêncio.

– Vá depressa... Pise fundo no acelerador!

A cerveja estava boa, mas o sanduíche não descia. Maigret estava excitado demais para comer. Nada se encaixava nesse caso. Ele mal aventava uma hipótese, e os fatos a desmentiam.

Além do misterioso Stanley Hobson, só esbarravam em pessoas aparentemente respeitáveis.

Ele acabou ligando para a casa de Manessi, o avaliador oficial de leilões.

– Sim, sou eu outra vez... Espero que não esteja no meio de um coquetel?... Está?... Então vou ser breve... O senhor já ouviu falar do nome Gollan?... Ele é um dos melhores especialistas americanos?...

Maigret suspirou várias vezes enquanto ouvia o que Manessi tinha para dizer na outra ponta da linha.

– Sim... Sim... Eu devia ter esperado por isso... Mais uma pergunta... Hoje à tarde me disseram que os verdadeiros apreciadores de arte compram e vendem seus quadros no mercado negro... É verdade?... Claro que não peço que me forneça nomes... Não! Não estou tratando de um caso de quadros ou, se estou, é por conta própria... Mais uma coisa... É possível que um homem como Norris Jonker tenha quadros falsificados na sua coleção?...

Ele ouviu um gargalhada.

– Se ele tiver, o Louvre também tem... Se bem que algumas pessoas achem que a *Mona Lisa* é falsa.

A porta abriu de repente. Janvier, excitado e radiante, aguardou impaciente que a ligação terminasse para dar a notícia.

– Muito obrigado... Volte para seus convidados... Talvez esteja enganado, mas acho que vou precisar do senhor novamente...

Janvier anunciou:

– Pronto, chefe... Nós a encontramos!

– Marinette?

– É... Ela está vindo com Lagrume... Não aconteceu nenhuma pane, mas parece que encontrar o albergue de Félix e Félicie não é fácil... Ele fica fora de Pomponne, no final de uma estrada de terra que não leva a lugar nenhum...

– Ela falou?

– Ela jura que não sabe nada sobre o que aconteceu... Ela pensou imediatamente em Lognon quando ouviu os tiros ... Teve medo que atirassem nela também...

– Por quê?

– Não disse... Mas não causou nenhum dificuldade para ir com Lagrume, ela só pediu para ver o distintivo.

Marinette chegaria no Quai des Orfèvres dentro de uma hora, no mais tardar. Até lá, se tudo corresse bem, Ed Gollan também estaria ali, sem dúvida furioso e ameaçando telefonar para a embaixada.

Maigret, que estava com calor, entreabriu a janela, e estava esvaziando um copo de cerveja quando ouviu alguém falar em francês com um sotaque americano no corredor. Ele não entendia as palavras, mas a voz indicava com muita clareza que o visitante não estava nada satisfeito.

Por conseguinte, deu um sorriso dos mais acolhedores e simpáticos, abriu a porta e disse:

– Por favor, entre sr. Gollan, e desculpe tê-lo incomodado.

CAPÍTULO VII

A escolha de Mirella

Gollan usava o cabelo muito curto, cortado à escovinha. Apesar do tempo frio e encoberto, ele não se atravancara com um sobretudo, e seu terno, sem enchimento nos ombros, alongava sua silhueta ainda mais.

Apesar da raiva, seu francês era correto, e ele falava sem pensar antes no que diria.

– Este senhor – disse, apontando para Lucas – me incomodou de uma forma das mais desagradáveis, não apenas a mim, mas também a senhora que estava comigo...

Maigret fez sinal para Lucas sair da sala.

– Lamento muito, sr. Gollan. Se o senhor está preocupado com ele, fique sabendo que esse tipo de infortúnio faz parte da sua profissão.

A crítica bateu fundo.

– Suponho que seja por causa do meu carro?

– O senhor é o proprietário de um Jaguar amarelo, não é?

– Era.

– O que o senhor quer dizer com isso?

– Que esta manhã eu passei pessoalmente no comissariado do 1º *arrondissement* para dar a queixa de roubo.

– Onde estava ontem à noite, sr. Gollan?

– Na residência do cônsul do México, no Boulevard des Italiens.

– O senhor jantou lá?

– Na companhia de uma dúzia de pessoas.

– O senhor ainda estava lá por volta das dez horas?

– Não apenas às dez horas mas também às duas da manhã, como o senhor poderá verificar.

Gollan pareceu surpreso quando viu a bandeja com os copos de cerveja e os sanduíches.

– Eu quero que me diga imediatamente...

– Um momento. Eu também estou com pressa, muito mais que o senhor, acredite, mas é indispensável proceder com ordem. O senhor deixou seu carro no Boulevard des Italiens?

– Não. O senhor sabe melhor do que eu que é praticamente impossível encontrar um lugar para estacionar ali.

– Onde estava o carro quando o viu pela última vez?

– Na Place Vendôme, onde há alguns lugares reservados para os hóspedes do Ritz. Eu só precisava andar alguns metros até a casa do meu amigo.

– O senhor saiu de lá em algum momento?

– Não.

– Recebeu um telefonema?

Pego de surpresa por Maigret ter conhecimento disso, Golan hesitou.

– Recebi, de uma mulher.

– Eu suponho que não possa dizer o nome dessa mulher? Não seria a sra. Jonker?

– Poderia ter sido ela, eu conheço o casal Jonker.

– O senhor não viu que seu carro havia desaparecido quando voltou para o hotel?

– Voltei pela Rue Cambon, como costuma fazer a maioria dos hóspedes.

– O senhor conhece Stanley Hobson?

– Sr. Maigret, eu não estou disposto a passar por um interrogatório antes de saber no que o senhor quer me envolver.

– Acontece que alguns dos seus amigos estão em dificuldade...

– Que amigos?

– Norris Jonker, por exemplo... É verdade que o senhor comprou e vendeu quadros para ele?

– Eu não sou um marchand... Às vezes os museus e alguns clientes particulares me pedem para procurar um quadro de um pintor de tal valor, de tal época... Se durante as minhas viagens eu descubro que um quadro desses está à venda, eu os informo...

– Por uma comissão?

– Isso não lhe diz respeito. Só interessa à Receita Federal do meu país...

– Claro que o senhor não sabe quem roubou seu carro... A chave estava na ignição?

– No porta-luvas. Sou distraído, é a única maneira de não perder as chaves.

Maigret estava atento aos barulhos no corredor e parecia conduzir o interrogatório automaticamente, sem muita convicção.

Gollan seria o primeiro a ficar surpreso?

– Creio que agora o senhor vai entrar em contato com a senhora que convidei para jantar comigo?

– Ainda não... E mais tarde vou precisar do senhor outra vez...

Maigret ouvia passos, uma porta que se abria e fechava, uma voz de mulher na sala do lado. Era “a noite das portas que abrem e fecham”, como ficaria conhecida depois.

– Janvier, pode vir um instante na minha sala? Seria indelicado deixar o sr. Gollan sozinho... Nós o fizemos perder seu jantar, e se ele quiser comer um sanduíche...

Os poucos inspetores que haviam ficado de plantão, Lagrume inclusive, que estava muito orgulhoso com seu sucesso, lançavam olhares curiosos para aquela moça encantadora, de tailleur azul, que, por sua vez, observava o que acontecia ao seu redor.

– O senhor é o comissário Maigret, não é? Vi sua fotografia nos jornais. Diga logo se ele morreu...

– Não, srta. Augier. Ele está gravemente ferido, mas os médicos esperam salvá-lo...

– Foi ele quem falou de mim para o senhor?

– Ele não está em estado de falar, e não estará durante muitas horas, talvez somente daqui a dois ou três dias. Por favor, me acompanhe.

Maigret levou-a para uma saleta e fechou a porta.

– Acho que a senhorita entenderá quando eu disser que o tempo urge. Por isso não vou pedir que me conte o que sabe com detalhes. Teremos tempo para isso depois. Vou lhe fazer algumas perguntas. A senhorita avisou o inspetor Lognon que algumas coisas estranhas estavam acontecendo no prédio em frente?

– Não. Eu não notei nada de diferente, a não ser que o ateliê costumava ficar com as luzes acesas à noite.

– Onde o conheceu?

– Na rua, quando voltava para casa. Ele disse que havia se informado sobre o apartamento onde eu morava e que precisava passar uma ou duas noites na janela para vigiar alguém. Ele me mostrou o distintivo da polícia e sua carteira profissional. Não acreditei muito, e quase telefonei para o Comissariado.

– O que a fez mudar de ideia?

– Ele parecia infeliz. Ele me contou que nunca tivera sorte, mas que, se eu o ajudasse, tudo mudaria, porque estava atrás de um caso importante.

– Ele disse do que se tratava?

– Não na primeira noite.

– A senhorita ficou com ele na primeira noite?

– Fiquei um pouco, na escuridão. As cortinas do ateliê em frente não fechavam completamente, e vimos um homem segurando uma paleta e pincéis.

– Ele estava vestido de branco? Usava um toalha em volta cabeça?

– Sim. Eu ri, e disse para Lognon que ele parecia um fantasma.

– A senhorita o viu pintar?

– Uma vez. Naquela noite, ele havia colocado o cavalete na parte do ateliê que dava para ver do meu apartamento, e pintava furiosamente.

– O que chama de pintar furiosamente?

– Não sei. Dava a impressão de estar louco.

– Viu outras pessoas no ateliê?

– Uma mulher... Ela estava tirando a roupa... ou melhor... ele praticamente arrancava as roupas de cima dela.

– Era alta e morena?

– Não era a sra. Jonker, essa eu conheço de vista.

– Viu o sr. Jonker também?

– No ateliê não. Mas uma vez vi um homem careca, não muito jovem.

– O que aconteceu ontem à noite?

– Como nas outras noites, fui dormir cedo. Minha profissão é cansativa, e às vezes o salão de beleza fica aberto até muito tarde, principalmente quando há um grande baile ou uma noite de gala.

– Lognon estava na sala de estar?

– Estava. Nós acabamos nos dando bem. Ele nunca tentou me cortejar e era muito gentil comigo, de uma gentileza paterna. Para me agradecer, trazia alguns chocolates ou um buquê de violetas.

– A senhorita estava dormindo às dez da noite?

– Estava deitada, mas ainda acordada. Estava lendo o jornal. Lognon bateu na porta. Muito excitado, disse que acontecera algo novo, que haviam acabado de levar o pintor, mas que tudo acontecera tão rápido que não tivera tempo de descer.

"– É melhor eu ficar mais um pouco. Talvez um dos homens volte...

"Ele voltou para a janela, e eu adormeci. Os tiros me acordaram... Olhei para fora... Quando me debrucei na janela, vi um corpo na calçada... Eu ainda não sabia o que faria, mas comecei a me vestir... A zeladora subiu e me contou tudo...

– Por que fugiu?

– Pensei que se os gângsteres soubessem quem ele era, e o que fazia naquele prédio, que viriam atrás de mim também... Eu ainda não sabia para onde iria... Eu não pensei...

– Pegou um táxi?

– Não. Fui a pé até a Place Clichy e fiquei um tempo sentada num café que ainda estava aberto onde as mulheres me examinaram dos pés à cabeça. Então, lembrei de um albergue onde tinha estado várias vezes com um namorado...

– Sei, Jean-Claude...

– Foi ele quem...?

– Ouça, senhorita. Tudo o que aconteceu com você me interessa, e ficarei muito feliz em ouvir os detalhes da sua aventura. Mas, no momento, estou com a impressão de que há coisas mais urgentes para tratar. Enquanto isso, faça a gentileza de me aguardar na sala dos meus inspetores, para onde vou levá-la de volta. Janvier aproveitará para tomar nota de seu depoimento.

– Lognon não estava enganado?

– Não! Lognon raramente se engana, ele conhece sua profissão. Mas, como ele mesmo disse, não tem sorte... Ou alguém puxa o tapete de baixo dos seus pés, ou então atiram nele no instante em que ia ganhar a partida... Venha...

Maigret deixou-a na sala ao lado e voltou para sua, onde encontrou Janvier à sua espera.

– Anote o depoimento da senhorita...

Golland, que estava sentado, levantou de repente.

– O senhor a trouxe para cá?

– Não é a sua senhorita, sr. Golland, mas uma senhorita de verdade... Continua afirmando que não conhece Stanley Hobson, também conhecido pelo apelido de Stan, o Careca?

– Eu não preciso responder.

– Como quiser... Sente-se... Talvez tire algum proveito da ligação que vou fazer... Alô!... Por favor, me ligue com sr. Jonker... Norris Jonker, Avenue Junot...

"Alô! Sr. Jonker?... Aqui é Maigret... Depois que nos separamos, encontrei a resposta para as perguntas que fiz ao senhor... A verdadeira resposta, entende?... Por exemplo, na minha sala está o sr. Gollan, que não está nada satisfeito porque nós o incomodamos e ainda não encontrou seu carro... Um Jaguar amarelo... Aquele que estava estacionado na frente da sua casa ontem às dez da noite e que levou seu inquilino, entre outras pessoas... Sim, eu disse seu inquilino... Parece que ele estava num estado de dar dó... Sem meias nem sapatos... Ouça atentamente, sr. Jonker... Daqui a pouco, ou amanhã de manhã, eu poderei mandar prendê-lo legalmente por causa de alguns negócios ilegais que o senhor conhece melhor do que eu. De qualquer forma, aviso que sua casa está sendo vigiada pela polícia.

"Peço que venha para cá imediatamente com a sra. Jonker para continuarmos a conversa que tivemos hoje à tarde... Caso sua esposa cause alguma dificuldade, diga a ela que conhecemos toda sua história... Pode ser que além do sr. Gollan ela também encontre aqui um tal de Stan, O Careca...

"Cale-se, sr. Jonker!... No momento sou eu quem está falando! O senhor terá sua vez daqui a pouco. Eu sei que é desagradável estar envolvido num caso de falsificações, mas seria pior se fosse acusado por cumplicidade de assassinato, não concorda?

"Estou convencido de que atiraram no inspetor Lognon à sua revelia e provavelmente à revelia do sr. Gollan também... Mas tenho muito receio de que estejam preparando outro crime, com o qual o senhor ficaria muito mais envolvido, já que se trata do homem que mantinha preso na sua casa... Onde está ele?... Diga para onde o levaram e quem o levou... Não! Não quando chegar aqui... Não daqui a meia hora... Imediatamente, ouviu sr. Jonker?"

Maigret ouviu o murmúrio de uma voz feminina. Mirella devia estar encostada no marido. O que o aconselhava a fazer?

– Eu juro, sr. Maigret...

– E eu, repito, digo que o tempo urge...

– Espere!... Não sei o número de cabeça... Vou verificar no meu caderno de endereços...

Nesse momento Mirella interferiu abertamente.

– Ele vai dar o endereço ao senhor... O nome dele é Mario de Lucia, ele mora num estúdio perto da Champs-Élysées... Vou passar para o meu marido...

Jonker leu:

– Mario de Lucia, Rue de Berry, 27 *B*. Foi ele quem se encarregou de Frederico...

– E Frederico é o pintor que trabalhava no seu ateliê?

– Sim... Frederico Palestri...

– Estou aguardando o senhor... Não deixe de trazer sua mulher...

Maigret nem olhou para o crítico americano. Ele pegou o telefone novamente.

– Ligue para o 9º Comissariado... Alô!... Quem fala? Dubois?... Dubois, leve três ou quatro homens com você... Eu disse três ou quatro, armados, o indivíduo é perigoso... Siga para a Rue de Berry, nº 27 *B*, e suba até o estúdio de um tal de Mario de Lucia... Se ele estiver em casa, o que é muito provável, prenda-o... Sim... Apesar da hora... Lá você vai encontrar Frederico Palestri, um homem que foi raptado... Eu quero ver essas duas pessoas aqui o mais rápido possível... Repito: tome cuidado!... Mario de Lucia está armado com uma Mauser 7.63... Se a arma não estiver com ele, encontre-a.

Maigret voltou-se para Ed Gollan.

– Como vê, meu caro, o senhor reclamou sem razão. Demorei para entender porque não estou a par do contrabando de quadros falsos ou verdadeiros. Além disso, seu amigo Jonker é um gentleman que não perde o sangue-frio facilmente.

Ele atendeu novamente o telefone que acabara de tocar.

– Sim... Alô!... Lucas?... Onde está?... Quai de la Tournelle?... Hôtel de la Tournelle?... Entendi... Ele está jantando num bistrô do lado?... Não, sozinho não... Peça a dois inspetores do bairro para irem com você... Talvez seja ele que está se divertindo com uma pistola automática de grande calibre... Eu ficaria surpreso, mas já basta o pobre coitado do Lognon...

Maigret foi até a porta que dava para a sala dos inspetores.

– Eu queria uma cerveja gelada.

Voltou, sentou-se atrás da escrivaninha e encheu o cachimbo com tabaco.

– E é isso, sr. Gollan!... Espero que seu pintor ainda esteja vivo... Eu nunca ouvi falar de Mario de Lucia, mas é provável que conste nos arquivos com outro nome. Caso contrário, perguntaremos à polícia italiana... Daqui a pouco teremos as informações... Admita que está tão ansioso quanto eu.

– Só falarei na presença do meu advogado, dr. Spangler. Seu telefone é Odéon 18.24... Não, me enganei...

– Tanto faz, sr. Gollan... A essa altura dos acontecimento não tenho pressa para ouvir o que o senhor tem para dizer. É uma pena que um homem como o senhor tenha se metido nesse negócio, e espero que o dr. Spangler consiga encontrar argumentos sólidos para defendê-lo.

A cerveja nem chegara quando o telefonou tocou.

– Sim... Dubois?...

Maigret ouviu um longo momento em silêncio.

– É mesmo?... Obrigado... Você não tem culpa... Entregue seu relatório diretamente ao Ministério Público... Passarei lá depois...

Maigret levantou e recusou responder ao olhar interrogador do americano. Gollan estava pálido.

– Aconteceu alguma coisa? Eu juro que se...

– Fique aí e cale a boca.

Ele foi até a outra sala e fez um sinal para Janvier, que datilografava o depoimento de Marinette Augier, para acompanhá-lo até o corredor.

– Algo errado, chefe?

– Ainda não sei exatamente o que aconteceu... Encontraram o pintor enforcado na corrente da descarga do banheiro onde o haviam trancado... Mario de Lucia desapareceu... Você encontrará sua ficha lá em cima provavelmente... Dê o alerta geral, avise as estações de trem, os aeroportos, as fronteiras...

– E Marinette?

– Ela terá que esperar...

Um casal subia a escada, seguido à distância por um dos policiais do 18º *arrondissement*.

– Sra. Jonker, por favor, me aguarde nesta sala...

As duas mulheres, que só se conheciam de vista e nunca haviam estado tão próximas uma da outra, se observaram com curiosidade.

– E o senhor, sr. Jonker, venha comigo...

Maigret o levou para a saleta onde estivera com Marinette Augier.

– Sente-se.

– O senhor o encontrou?

– Sim.

– Vivo?

O holandês perdera sua tez rosada e sua segurança. Em poucas horas se transformara num homem velho.

– Lucia o... matou?

– Foi encontrado enforcado no banheiro.

– Eu sempre disse que isso acabaria mal.

– Disse para quem?

– Para Mirella... Para os outros... Principalmente para minha mulher...

– O que sabe sobre ela?

Era difícil confessar, mas ele conseguiu, de cabeça baixa.

– Tudo, acho...

– Nice e Stanley Hobson?

– Sim.

– E o que antecedeu ao divórcio de Herbert Muir em Manchester?

– Sim.

– O senhor a conheceu em Londres?

– Na casa de amigos, numa propriedade que ficava nas cercanias de Londres... Mirella era muito popular num certo tipo de sociedade...

– E o senhor se apaixonou por ela? Foi o senhor quem propôs que se casassem?

– Sim.

– O senhor já sabia?

– O senhor talvez ache tudo isso pouco crível, mas um holandês entenderia... Eu pedi informações sobre ela a uma agência de investigações. Responderam que ela vivera com Hobson, a quem apelidavam de Stan, o Careca, durante vários anos, e que a polícia inglesa só conseguira mandá-lo para a prisão uma vez, por dois anos. Ele voltou a se encontrar com ela em Manchester, quando ela já era sra. Muir... Ele não vivia com ela em Londres, mas vinha vê-la às vezes para extorquir dinheiro...

Alguém bateu na porta.

– O senhor pediu uma cerveja, chefe?

– Prefere um conhaque, sr. Jonker?... Lamento não poder oferecer aquele licor que costuma beber na sua casa... Traga a garrafa de conhaque que está no meu armário...

Ficaram sozinhos novamente, e o álcool, que Jonker bebeu de uma vez só, devolveu um pouco de cor às faces do holandês.

– Sabe, sr. Maigret, eu não consigo viver sem ela... Apaixonar-se na minha idade é muito perigoso... Ela me contou que Hobson a chantageava, disse que poderia livrar-se dele em troca de uma certa quantia de dinheiro, e eu acreditei. Eu paguei!

– A história dos quadros começou quando?

– O senhor não é um colecionador, não vai acreditar...

– Coleciono pessoas...

– Eu me pergunto sob que rubrica o senhor vai me classificar na sua coleção... Talvez dos imbecis? Já que o senhor se informou a meu respeito, certamente devem ter lhe contado que eu sou um especialista de verdade em tudo o que se refere à pintura de uma certa época... A gente acaba sabendo com o que está lidando quando se apaixona apenas por uma coisa durante tantos anos, não concorda?...

"Muitas pessoas pedem minha opinião sobre uma tela... E basta que um quadro apareça na minha coleção para ter um valor indiscutível...

– Ou seja, para autenticá-lo...

– Isso acontece com todos os grandes colecionadores... Como contei na minha casa, eu revendia algumas peças para poder comprar outras, sempre mais belas e mais raras... É difícil parar depois que se começa... Uma vez me enganei...

Ele falava num tom de voz monocórdio, indiferente ao que poderia acontecer com ele a partir de agora.

– No entanto, era um Van Gogh. Não um dos que herdei do meu pai... Comprei o quadro por intermédio de um marchand, e teria podido jurar que era autêntico... Durante algum tempo pendurei-o no salão... Um amador sul-americano me ofereceu uma quantia que me permitiria comprar um quadro que eu desejava há muito tempo... O negócio foi concluído. Alguns meses mais tarde, um homem chamado Gollan, que eu só conhecia de reputação, veio me ver...

– Há quanto tempo foi isso?

– Há mais ou menos um ano... Ele disse que tivera a ocasião de ver o Van Gogh na casa do meu comprador venezuelano, mas que era uma falsificação muito benfeita, e garantiu:

"– Não comentei nada com seu comprador. Seria muito desagradável para o senhor, não é mesmo, se alguém soubesse que vendeu um quadro falsificado... As outras pessoas para quem vendeu outros quadros poderiam ficar desconfiadas... E toda a sua coleção se tornaria suspeita.

"Volto a dizer que o senhor não é um colecionador... O senhor não tem ideia do estado de choque em que fiquei por causa dessa história... Gollan me procurou novamente... Um dia, disse que havia encontrado o autor do quadro falsificado, um rapaz extraordinário, capaz de imitar tanto um Manet como um Renoir ou um Vlaminck..."

– Sua mulher estava presente durante a conversa?

– Não lembro... Talvez tenha contado para ela depois? Talvez ela tenha me incentivado a aceitar o que me propunham?... Talvez eu mesmo tenha aceitado?... Dizem que sou um homem rico, mas a palavra riqueza é muito imprecisa... Se posso comprar alguns quadros, meus meios não me permitem comprar outros, por mais tentadora que seja a ocasião... O senhor entende?

– O que entendo é que os quadros falsificados precisavam passar pela sua casa para que ninguém duvidasse da sua autenticidade...

– É mais ou menos isso... Eu colocava dois ou três quadros falsificados no meio dos meus e...

– Um momento! Quando conheceu Palestri?

– Um ou dois meses depois... Vendi dois dos seus quadros por intermédio de Gollan... Gollan preferia vendê-los para colecionadores sul-americanos ou museus pouco conhecidos... Ele estava tendo problemas com Palestri porque ele era uma espécie de gênio maluco e, como se não bastasse, um obcecado sexual... O senhor percebeu isso quando esteve no quarto, não foi?

– Comecei a entender quando vi sua mulher em pé na frente do cavalete.

– Foi preciso blefar...

– Quando e como descobriu que alguém estava interessado no que acontecia na sua casa?

– Não fui eu que percebi, foi Hobson.

– Hobson tinha um caso com sua mulher?

– Os dois juraram que não... Hobson era amigo de Gollan... Foi ele quem descobriu Palestri... O senhor está me acompanhando?

– Estou.

– Eu estava preso na engrenagem... Concordei que trabalhasse no ateliê, onde ninguém pensaria em procurá-lo... Ele dormia no quarto que o senhor conheceu... Não pedia para sair desde que conseguíssemos mulheres para ele... A pintura e as mulheres eram suas duas únicas paixões...

– Eu soube que ele pintava furiosamente...

– É verdade... Colocávamos dois ou três quadros de um mestre na frente dele... Ele girava em volta deles como um matador em volta de um touro, e algumas horas ou alguns dias depois encontrávamos um quadro de uma inspiração e estilo tão idênticos que enganava todo mundo... Era um inquilino muito desagradável...

– Por causa das suas exigências em relação às mulheres?

– E sua grosseria. Mesmo com minha mulher.

– Ele se limitava a ser grosseiro?

– Prefiro ignorar caso ele tenha ido longe demais... Talvez... O senhor viu o retrato que ele fez dela com algumas pinceladas... Sr. Maigret, uma paixão já é muito para um homem, e eu deveria ter me contentado com a pintura e permanecido um colecionador sensato... Se não tivesse encontrado Mirella... Mas ela não tem culpa de nada... Qual foi mesmo a pergunta? Ah! Lembrei... Quem descobriu que suspeitavam de nós... Acho que foi uma mulher, não lembro o nome dela, uma stripteaser que trabalhava num cabaré da Champs-Élysées, que Lucia trouxera para Palestri...

"No dia seguinte, ela ligou para Lucia para avisar que havia sido seguida quando saíra da minha casa e que um homem esquisito a havia parado e feito um monte de perguntas. Lucia e Stan passaram a vigiar o quarteirão até que uma noite viram um homem baixinho e magro, malvestido, rondar a Avenue Junot. Mais tarde, o viram entrar com uma moça no prédio que fica em frente. Ele ficou lá. Na escuridão, perto da janela, achando que era invisível, mas, como fumava, de vez em quando eles viam a ponta do cigarro aceso."

– Ninguém pensou que ele fosse da polícia?

– Stan Hobson disse que, se fosse da polícia, haveria uma troca de policiais de vigia. Mas, como era sempre o mesmo, ele concluiu que o homem pertencia a outro bando, e que estava tentando descobrir o suficiente para nos chantagear. Pallestri precisava desaparecer de casa com urgência. Ontem à noite, Lucia e Hobson se encarregaram disso usando o carro de Gollan.

Gollan sabia, não?

– Palestri tinha certeza que, depois de usá-lo durante um ano, nós tínhamos a intenção de matá-lo, e se recusava ir embora... Foi preciso deixá-lo sem sentidos. Mas ele teve tempo de jogar os sapatos lá embaixo, no jardim...

– O senhor estava presente?

– Não.

– E sua mulher?

– Não! Esperamos até que fosse embora e depois arrumamos o ateliê e o quarto... No dia anterior, Stan já levara os chassis e o quadro que Palestri estava pintando. O que posso afirmar, se o senhor ainda me permite pedir que acredite em mim, é que eu não sabia que pretendiam matar o inspetor... Só entendi quando ouvi os tiros.

Fez-se um longo silêncio. Cansado, Maigret olhava com uma simpatia impotente para o velho à sua frente, que estendia, hesitante, uma das mãos para a garrafa de conhaque.

– Posso?

Jonker esvaziou o copo e se esforçou para dar um sorriso.

– De qualquer forma, estou acabado, não é mesmo?... Eu me pergunto do que será que vou sentir mais falta...

Seus quadros, que haviam custado tanto? Sua mulher, sobre quem jamais se iludira, mas de quem tanto precisava?

– O senhor verá, sr. Maigret, que ninguém vai conseguir acreditar que um homem inteligente como eu pudesse ser tão ingênuo...

E depois de pensar um pouco, acrescentou:

– Exceto, talvez, os colecionadores...

Numa outra sala, Lucas começara a interrogar Stan, O Careca.

As duas horas seguintes foram de idas e vindas de sala a sala, perguntas, respostas, o som de máquinas de escrever.

Como no dia anterior, já era quase uma hora da manhã quando as luzes se apagaram.

– Venha, senhorita, vou levá-la para casa... Esta noite poderá dormir lá sem medo.

Os dois estavam sentados no banco de trás do táxi.

– Está aborrecido comigo, sr. Maigret?

– Por que ficaria?

– Seu trabalho não teria sido mais fácil se eu não tivesse perdido a cabeça e não tivesse fugido?

– Ganharíamos algumas horas, mas o resultado teria sido o mesmo...

Maigret não parecia muito satisfeito com esse resultado, e até Mirella tivera direito a um olhar que continha algo como simpatia quando a levaram para a delegacia.

* * *

Um mês depois, Lognon saía do hospital Bichat, mais magro do que nunca, os olhos cintilantes, porque agora ele se tornara uma espécie de herói no comissariado do 18º *arrondissement.* Além do mais, era sua fotografia que estava estampada nos jornais, e não a de Maigret.

No mesmo dia, viajou com a esposa para uma cidadezinha nas Ardenas, onde, por ordem dos médicos, ficaria dois meses em convalescença.

Como a sra. Maigret previra, ele passou os dois meses cuidando da sra. Lognon.

Mario de Lucia foi preso na fronteira com a Bélgica. Hobson e ele foram condenados a dez anos de trabalhos forçados.

Gollan negou que tivera qualquer participação no atentado da Avenue Junot e conseguiu se livrar com uma sentença de apenas dois anos de prisão por fraude.

Jonker foi condenado a apenas um ano, também por fraude, e como os meses que ficara na prisão enquanto aguardava o julgamento valiam o dobro do tempo, ele acabou saindo em liberdade do Tribunal de Justiça...

...De braço dado com sua mulher, porque Mirella fora absolvida por falta de provas.

Em pé, no fundo na sala do Tribunal, Maigret foi um dos primeiros a sair para não ter que se encontrar com eles, mas, principalmente, porque prometera à sra. Maigret que telefonaria para informar o veredito.

Era o mês de junho, as pessoas só falavam nas férias, e o caso já se tornara coisa do passado...

FIM

Noland, 23 de junho de 1963

Coleção L&PM POCKET

1.**Catálogo geral da Coleção**
2.**Poesias** – Fernando Pessoa
3.**O livro dos sonetos** – org. Sergio Faraco
4.**Hamlet** – Shakespeare / trad. Millôr
5.**Isadora, frag. autobiográficos** – Isadora Duncan
6.**Histórias sicilianas** – G. Lampedusa
7.**O relato de Arthur Gordon Pym** – Edgar A. Poe
8.**A mulher mais linda da cidade** – Bukowski
9.**O fim de Montezuma** – Hernan Cortez
10.**A ninfomania** – D. T. Bienville
11.**As aventuras de Robinson Crusoé** – D. Defoe
12.**Histórias de amor** – A. Bioy Casares
13.**Armadilha mortal** – Roberto Arlt
14.**Contos de fantasmas** – Daniel Defoe
15.**Os pintores cubistas** – G. Apollinaire
16.**A morte de Ivan Ilitch** – L.Tolstói
17.**A desobediência civil** – D. H. Thoreau
18.**Liberdade, liberdade** – F. Rangel e M. Fernandes
19.**Cem sonetos de amor** – Pablo Neruda
20.**Mulheres** – Eduardo Galeano
21.**Cartas a Théo** – Van Gogh
22.**Don Juan** – Molière / Trad. Millôr Fernandes
24.**Horla** – Guy de Maupassant
25.**O caso de Charles Dexter Ward** – Lovecraft
26.**Vathek** – William Beckford
27.**Hai-Kais** – Millôr Fernandes
28.**Adeus, minha adorada** – Raymond Chandler
29.**Cartas portuguesas** – Mariana Alcoforado
30.**A mensageira das violetas** – Florbela Espanca
31.**Espumas flutuantes** – Castro Alves
32.**Dom Casmurro** – Machado de Assis
34.**Alves & Cia.** – Eça de Queiroz
35.**Uma temporada no inferno** – A. Rimbaud
36.**A corresp. de Fradique Mendes** – Eça de Queiroz
38.**Antologia poética** – Olavo Bilac
39.**O rei Lear** – Shakespeare
40.**Memórias póstumas de Brás Cubas** – Machado de Assis
41.**Que loucura!** – Woody Allen
42.**O duelo** – Casanova
44.**Gentidades** – Darcy Ribeiro
45.**Memórias de um Sargento de Milícias** – Manuel Antônio de Almeida
46.**Os escravos** – Castro Alves
47.**O desejo pego pelo rabo** – Pablo Picasso
48.**Os inimigos** – Máximo Gorki
49.**O colar de veludo** – Alexandre Dumas
50.**Livro dos bichos** – Vários
51.**Quincas Borba** – Machado de Assis
53.**O exército de um homem só** – Moacyr Scliar
54.**Frankenstein** – Mary Shelley
55.**Dom Segundo Sombra** – Ricardo Güiraldes
56.**De vagões e vagabundos** – Jack London
57.**O homem bicentenário** – Isaac Asimov
58.**A viuvinha** – José de Alencar
59.**Livro das cortesãs** – org. de Sergio Faraco
60.**Últimos poemas** – Pablo Neruda
61.**A moreninha** – Joaquim Manuel de Macedo
62.**Cinco minutos** – José de Alencar
63.**Saber envelhecer e a amizade** – Cícero
64.**Enquanto a noite não chega** – J. Guimarães
65.**Tufão** – Joseph Conrad
66.**Aurélia** – Gérard de Nerval
67.**I-Juca-Pirama** – Gonçalves Dias
68.**Fábulas** – Esopo
69.**Teresa Filósofa** – Anônimo do Séc. XVIII
70.**Avent. inéditas de Sherlock Holmes** – Arthur Conan Doyle
71.**Quintana de bolso** – Mario Quintana
72.**Antes e depois** – Paul Gauguin
73.**A morte de Olivier Bécaille** – Émile Zola
74.**Iracema** – José de Alencar
75.**Iaiá Garcia** – Machado de Assis
76.**Utopia** – Tomás Morus
77.**Sonetos para amar o amor** – Camões
78.**Carmem** – Prosper Mérimée
79.**Senhora** – José de Alencar
80.**Hagar, o horrível 1** – Dik Browne
81.**O coração das trevas** – Joseph Conrad
82.**Um estudo em vermelho** – Arthur Conan Doyle
83.**Todos os sonetos** – Augusto dos Anjos
84.**A propriedade é um roubo** – P.-J. Proudhon
85.**Drácula** – Bram Stoker
86.**O marido complacente** – Sade
87.**De profundis** – Oscar Wilde
88.**Sem plumas** – Woody Allen
89.**Os bruzundangas** – Lima Barreto
90.**O cão dos Baskervilles** – Arthur Conan Doyle
91.**Paraísos artificiais** – Charles Baudelaire
92.**Cândido, ou o otimismo** – Voltaire
93.**Triste fim de Policarpo Quaresma** – Lima Barreto
94.**Amor de perdição** – Camilo Castelo Branco
95.**A megera domada** – Shakespeare / trad. Millôr
96.**O mulato** – Aluísio Azevedo
97.**O alienista** – Machado de Assis
98.**O livro dos sonhos** – Jack Kerouac
99.**Noite na taverna** – Álvares de Azevedo
100.**Aura** – Carlos Fuentes
102.**Contos gauchescos e Lendas do sul** – Simões Lopes Neto
103.**O cortiço** – Aluísio Azevedo
104.**Marília de Dirceu** – T. A. Gonzaga
105.**O Primo Basílio** – Eça de Queiroz
106.**O ateneu** – Raul Pompéia
107.**Um escândalo na Boêmia** – Arthur Conan Doyle
108.**Contos** – Machado de Assis
109.**200 Sonetos** – Luis Vaz de Camões
110.**O príncipe** – Maquiavel
111.**A escrava Isaura** – Bernardo Guimarães
112.**O solteirão nobre** – Conan Doyle
114.**Shakespeare de A a Z** – Shakespeare

115.**A relíquia** – Eça de Queiroz
117.**Livro do corpo** – Vários
118.**Lira dos 20 anos** – Álvares de Azevedo
119.**Esaú e Jacó** – Machado de Assis
120.**A barcarola** – Pablo Neruda
121.**Os conquistadores** – Júlio Verne
122.**Contos breves** – G. Apollinaire
123.**Taipi** – Herman Melville
124.**Livro dos desaforos** – org. de Sergio Faraco
125.**A mão e a luva** – Machado de Assis
126.**Doutor Miragem** – Moacyr Scliar
127.**O penitente** – Isaac B. Singer
128.**Diários da descoberta da América** – Cristóvão Colombo
129.**Édipo Rei** – Sófocles
130.**Romeu e Julieta** – Shakespeare
131.**Hollywood** – Bukowski
132.**Billy the Kid** – Pat Garrett
133.**Cuca fundida** – Woody Allen
134.**O jogador** – Dostoiévski
135.**O livro da selva** – Rudyard Kipling
136.**O vale do terror** – Arthur Conan Doyle
137.**Dançar tango em Porto Alegre** – S. Faraco
138.**O gaúcho** – Carlos Reverbel
139.**A volta ao mundo em oitenta dias** – J. Verne
140.**O livro dos esnobes** – W. M. Thackeray
141.**Amor & morte em Poodle Springs** – Raymond Chandler & R. Parker
142.**As aventuras de David Balfour** – Stevenson
143.**Alice no país das maravilhas** – Lewis Carroll
144.**A ressurreição** – Machado de Assis
145.**Inimigos, uma história de amor** – I. Singer
146.**O Guarani** – José de Alencar
147.**A cidade e as serras** – Eça de Queiroz
148.**Eu e outras poesias** – Augusto dos Anjos
149.**A mulher de trinta anos** – Balzac
150.**Pomba enamorada** – Lygia F. Telles
151.**Contos fluminenses** – Machado de Assis
152.**Antes de Adão** – Jack London
153.**Intervalo amoroso** – A.Romano de Sant'Anna
154.**Memorial de Aires** – Machado de Assis
155.**Naufrágios e comentários** – Cabeza de Vaca
156.**Ubirajara** – José de Alencar
157.**Textos anarquistas** – Bakunin
159.**Amor de salvação** – Camilo Castelo Branco
160.**O gaúcho** – José de Alencar
161.**O livro das maravilhas** – Marco Polo
162.**Inocência** – Visconde de Taunay
163.**Helena** – Machado de Assis
164.**Uma estação de amor** – Horácio Quiroga
165.**Poesia reunida** – Martha Medeiros
166.**Memórias de Sherlock Holmes** – Conan Doyle
167.**A vida de Mozart** – Stendhal
168.**O primeiro terço** – Neal Cassady
169.**O mandarim** – Eça de Queiroz
170.**Um espinho de marfim** – Marina Colasanti
171.**A ilustre Casa de Ramires** – Eça de Queiroz
172.**Lucíola** – José de Alencar
173.**Antígona** – Sófocles – trad. Donaldo Schüler
174.**Otelo** – William Shakespeare
175.**Antologia** – Gregório de Matos
176.**A liberdade de imprensa** – Karl Marx
177.**Casa de pensão** – Aluísio Azevedo
178.**São Manuel Bueno, Mártir** – Unamuno
179.**Primaveras** – Casimiro de Abreu
180.**O noviço** – Martins Pena
181.**O sertanejo** – José de Alencar
182.**Eurico, o presbítero** – Alexandre Herculano
183.**O signo dos quatro** – Conan Doyle
184.**Sete anos no Tibet** – Heinrich Harrer
185.**Vagamundo** – Eduardo Galeano
186.**De repente acidentes** – Carl Solomon
187.**As minas de Salomão** – Rider Haggar
188.**Uivo** – Allen Ginsberg
189.**A ciclista solitária** – Conan Doyle
190.**Os seis bustos de Napoleão** – Conan Doyle
191.**Cortejo do divino** – Nelida Piñon
194.**Os crimes do amor** – Marquês de Sade
195.**Besame Mucho** – Mário Prata
196.**Tuareg** – Alberto Vázquez-Figueroa
197.**O longo adeus** – Raymond Chandler
199.**Notas de um velho safado** – Bukowski
200.**111 ais** – Dalton Trevisan
201.**O nariz** – Nicolai Gogol
202.**O capote** – Nicolai Gogol
203.**Macbeth** – William Shakespeare
204.**Heráclito** – Donaldo Schüler
205.**Você deve desistir, Osvaldo** – Cyro Martins
206.**Memórias de Garibaldi** – A. Dumas
207.**A arte da guerra** – Sun Tzu
208.**Fragmentos** – Caio Fernando Abreu
209.**Festa no castelo** – Moacyr Scliar
210.**O grande deflorador** – Dalton Trevisan
212.**Homem do príncipio ao fim** – Millôr Fernandes
213.**Aline e seus dois namorados (1)** – A. Iturrusgarai
214.**A juba do leão** – Sir Arthur Conan Doyle
215.**Assassino metido a esperto** – R. Chandler
216.**Confissões de um comedor de ópio** – Thomas De Quincey
217.**Os sofrimentos do jovem Werther** – Goethe
218.**Fedra** – Racine / Trad. Millôr Fernandes
219.**O vampiro de Sussex** – Conan Doyle
220.**Sonho de uma noite de verão** – Shakespeare
221.**Dias e noites de amor e de guerra** – Galeano
222.**O Profeta** – Khalil Gibran
223.**Flávia, cabeça, tronco e membros** – M. Fernandes
224.**Guia da ópera** – Jeanne Suhamy
225.**Macário** – Álvares de Azevedo
226.**Etiqueta na prática** – Celia Ribeiro
227.**Manifesto do partido comunista** – Marx & Engels
228.**Poemas** – Millôr Fernandes
229.**Um inimigo do povo** – Henrik Ibsen
230.**O paraíso destruído** – Frei B. de las Casas
231.**O gato no escuro** – Josué Guimarães
232.**O mágico de Oz** – L. Frank Baum
233.**Armas no Cyrano's** – Raymond Chandler
234.**Max e os felinos** – Moacyr Scliar
235.**Nos céus de Paris** – Alcy Cheuiche
236.**Os bandoleiros** – Schiller

237.**A primeira coisa que eu botei na boca** – Deonísio da Silva
238.**As aventuras de Simbad, o marújo**
239.**O retrato de Dorian Gray** – Oscar Wilde
240.**A carteira de meu tio** – J. Manuel de Macedo
241.**A luneta mágica** – J. Manuel de Macedo
242.**A metamorfose** – Kafka
243.**A flecha de ouro** – Joseph Conrad
244.**A ilha do tesouro** – R. L. Stevenson
245.**Marx - Vida & Obra** – José A. Giannotti
246.**Gênesis**
247.**Unidos para sempre** – Ruth Rendell
248.**A arte de amar** – Ovídio
249.**O sono eterno** – Raymond Chandler
250.**Novas receitas do Anonymus Gourmet** – J.A.P.M.
251.**A nova catacumba** – Arthur Conan Doyle
252.**Dr. Negro** – Arthur Conan Doyle
253.**Os voluntários** – Moacyr Scliar
254.**A bela adormecida** – Irmãos Grimm
255.**O príncipe sapo** – Irmãos Grimm
256.**Confissões** *e* **Memórias** – H. Heine
257.**Viva o Alegrete** – Sergio Faraco
258.**Vou estar esperando** – R. Chandler
259.**A senhora Beate e seu filho** – Schnitzler
260.**O ovo apunhalado** – Caio Fernando Abreu
261.**O ciclo das águas** – Moacyr Scliar
262.**Millôr Definitivo** – Millôr Fernandes
264.**Viagem ao centro da Terra** – Júlio Verne
265.**A dama do lago** – Raymond Chandler
266.**Caninos brancos** – Jack London
267.**O médico e o monstro** – R. L. Stevenson
268.**A tempestade** – William Shakespeare
269.**Assassinatos na rua Morgue** – E. Allan Poe
270.**99 corruíras nanicas** – Dalton Trevisan
271.**Broquéis** – Cruz e Sousa
272.**Mês de cães danados** – Moacyr Scliar
273.**Anarquistas – vol. 1 – A idéia** – G.Woodcock
274.**Anarquistas – vol. 2 – O movimento** – G.Woodcock
275.**Pai e filho, filho e pai** – Moacyr Scliar
276.**As aventuras de Tom Sawyer** – Mark Twain
277.**Muito barulho por nada** – W. Shakespeare
278.**Elogio da loucura** – Erasmo
279.**Autobiografia de Alice B. Toklas** – G. Stein
280.**O chamado da floresta** – J. London
281.**Uma agulha para o diabo** – Ruth Rendell
282.**Verdes vales do fim do mundo** – A. Bivar
283.**Ovelhas negras** – Caio Fernando Abreu
284.**O fantasma de Canterville** – O. Wilde
285.**Receitas de Yayá Ribeiro** – Celia Ribeiro
286.**A galinha degolada** – H. Quiroga
287.**O último adeus de Sherlock Holmes** – A. Conan Doyle
288.**A. Gourmet** *em* **Histórias de cama & mesa** – J. A. Pinheiro Machado
289.**Topless** – Martha Medeiros
290.**Mais receitas do Anonymus Gourmet** – J. A. Pinheiro Machado
291.**Origens do discurso democrático** – D. Schüler
292.**Humor politicamente incorreto** – Nani
293.**O teatro do bem e do mal** – E. Galeano
294.**Garibaldi & Manoela** – J. Guimarães
295.**10 dias que abalaram o mundo** – John Reed
296.**Numa fria** – Bukowski
297.**Poesia de Florbela Espanca** vol. 1
298.**Poesia de Florbela Espanca** vol. 2
299.**Escreva certo** – E. Oliveira e M. E. Bernd
300.**O vermelho e o negro** – Stendhal
301.**Ecce homo** – Friedrich Nietzsche
302(7).**Comer bem, sem culpa** – Dr. Fernando Lucchese, A. Gourmet e Iotti
303.**O livro de Cesário Verde** – Cesário Verde
305.**100 receitas de macarrão** – S. Lancellotti
306.**160 receitas de molhos** – S. Lancellotti
307.**100 receitas light** – H. e Â. Tonetto
308.**100 receitas de sobremesas** – Celia Ribeiro
309.**Mais de 100 dicas de churrasco** – Leon Diziekaniak
310.**100 receitas de acompanhamentos** – C. Cabeda
311.**Honra ou vendetta** – S. Lancellotti
312.**A alma do homem sob o socialismo** – Oscar Wilde
313.**Tudo sobre Yôga** – Mestre De Rose
314.**Os varões assinalados** – Tabajara Ruas
315.**Édipo em Colono** – Sófocles
316.**Lisístrata** – Aristófanes / trad. Millôr
317.**Sonhos de Bunker Hill** – John Fante
318.**Os deuses de Raquel** – Moacyr Scliar
319.**O colosso de Marússia** – Henry Miller
320.**As eruditas** – Molière / trad. Millôr
321.**Radicci 1** – Iotti
322.**Os Sete contra Tebas** – Ésquilo
323.**Brasil Terra à vista** – Eduardo Bueno
324.**Radicci 2** – Iotti
325.**Júlio César** – William Shakespeare
326.**A carta de Pero Vaz de Caminha**
327.**Cozinha Clássica** – Sílvio Lancellotti
328.**Madame Bovary** – Gustave Flaubert
329.**Dicionário do viajante insólito** – M. Scliar
330.**O capitão saiu para o almoço...** – Bukowski
331.**A carta roubada** – Edgar Allan Poe
332.**É tarde para saber** – Josué Guimarães
333.**O livro de bolso da Astrologia** – Maggy Harrisonx e Mellina Li
334.**1933 foi um ano ruim** – John Fante
335.**100 receitas de arroz** – Aninha Comas
336.**Guia prático do Português correto – vol. 1** – Cláudio Moreno
337.**Bartleby, o escriturário** – H. Melville
338.**Enterrem meu coração na curva do rio** – Dee Brown
339.**Um conto de Natal** – Charles Dickens
340.**Cozinha sem segredos** – J. A. P. Machado
341.**A dama das Camélias** – A. Dumas Filho
342.**Alimentação saudável** – H. e Â. Tonetto
343.**Continhos galantes** – Dalton Trevisan
344.**A Divina Comédia** – Dante Alighieri
345.**A Dupla Sertanojo** – Santiago
346.**Cavalos do amanhecer** – Mario Arregui
347.**Biografia de Vincent van Gogh por sua cunhada** – Jo van Gogh-Bonger

458.**Discurso do método** – René Descartes
459.**Garfield em grande forma (1)** – Jim Davis
460.**Garfield está de dieta** (2) – Jim Davis
461.**O livro das feras** – Patricia Highsmith
462.**Viajante solitário** – Jack Kerouac
463.**Auto da barca do inferno** – Gil Vicente
464.**O livro vermelho dos pensamentos de Millôr** – Millôr Fernandes
465.**O livro dos abraços** – Eduardo Galeano
466.**Voltaremos!** – José Antonio Pinheiro Machado
467.**Rango** – Edgar Vasques
468(8).**Dieta mediterrânea** – Dr. Fernando Lucchese e José Antonio Pinheiro Machado
469.**Radicci 5** – Iotti
470.**Pequenos pássaros** – Anaïs Nin
471.**Guia prático do Português correto – vol.3** – Cláudio Moreno
472.**Atire no pianista** – David Goodis
473.**Antologia Poética** – García Lorca
474.**Alexandre e César** – Plutarco
475.**Uma espiã na casa do amor** – Anaïs Nin
476.**A gorda do Tiki Bar** – Dalton Trevisan
477.**Garfield um gato de peso (3)** – Jim Davis
478.**Canibais** – David Coimbra
479.**A arte de escrever** – Arthur Schopenhauer
480.**Pinóquio** – Carlo Collodi
481.**Misto-quente** – Bukowski
482.**A lua na sarjeta** – David Goodis
483.**O melhor do Recruta Zero (1)** – Mort Walker
484.**Aline: TPM – tensão pré-monstrual (2)** – Adão Iturrusgarai
485.**Sermões do Padre Antonio Vieira**
486.**Garfield numa boa (4)** – Jim Davis
487.**Mensagem** – Fernando Pessoa
488.**Vendeta** *seguido de* **A paz conjugal** – Balzac
489.**Poemas de Alberto Caeiro** – Fernando Pessoa
490.**Ferragus** – Honoré de Balzac
491.**A duquesa de Langeais** – Honoré de Balzac
492.**A menina dos olhos de ouro** – Honoré de Balzac
493.**O lírio do vale** – Honoré de Balzac
494(17).**A barcaça da morte** – Simenon
495(18).**As testemunhas rebeldes** – Simenon
496(19).**Um engano de Maigret** – Simenon
497(1).**A noite das bruxas** – Agatha Christie
498(2).**Um passe de mágica** – Agatha Christie
499(3).**Nêmesis** – Agatha Christie
500.**Esboço para uma teoria das emoções** – Sartre
501.**Renda básica de cidadania** – Eduardo Suplicy
502(1).**Pílulas para viver melhor** – Dr. Lucchese
503(2).**Pílulas para prolongar a juventude** – Dr. Lucchese
504(3).**Desembarcando o diabetes** – Dr. Lucchese
505(4).**Desembarcando o sedentarismo** – Dr. Fernando Lucchese e Cláudio Castro
506(5).**Desembarcando a hipertensão** – Dr. Lucchese
507(6).**Desembarcando o colesterol** – Dr. Fernando Lucchese e Fernanda Lucchese
508.**Estudos de mulher** – Balzac
509.**O terceiro tira** – Flann O'Brien
510.**100 receitas de aves e ovos** – J. A. P. Machado
511.**Garfield em toneladas de diversão** (5) – Jim Davis
512.**Trem-bala** – Martha Medeiros
513.**Os cães ladram** – Truman Capote
514.**O Kama Sutra de Vatsyayana**
515.**O crime do Padre Amaro** – Eça de Queiroz
516.**Odes de Ricardo Reis** – Fernando Pessoa
517.**O inverno da nossa desesperança** – Steinbeck
518.**Piratas do Tietê (1)** – Laerte
519.**Rê Bordosa: do começo ao fim** – Angeli
520.**O Harlem é escuro** – Chester Himes
521.**Café-da-manhã dos campeões** – Kurt Vonnegut
522.**Eugénie Grandet** – Balzac
523.**O último magnata** – F. Scott Fitzgerald
524.**Carol** – Patricia Highsmith
525.**100 receitas de patisseria** – Sílvio Lancellotti
526.**O fator humano** – Graham Greene
527.**Tristessa** – Jack Kerouac
528.**O diamante do tamanho do Ritz** – Scott Fitzgerald
529.**As melhores histórias de Sherlock Holmes** – Arthur Conan Doyle
530.**Cartas a um jovem poeta** – Rilke
531(20).**Memórias de Maigret** – Simenon
532(4).**O misterioso sr. Quin** – Agatha Christie
533.**Os analectos** – Confúcio
534(21).**Maigret e os homens de bem** – Simenon
535(22).**O medo de Maigret** – Simenon
536.**Ascensão e queda de César Birotteau** – Balzac
537.**Sexta-feira negra** – David Goodis
538.**Ora bolas – O humor de Mario Quintana** – Juarez Fonseca
539.**Longe daqui aqui mesmo** – Antonio Bivar
540(5).**É fácil matar** – Agatha Christie
541.**O pai Goriot** – Balzac
542.**Brasil, um país do futuro** – Stefan Zweig
543.**O processo** – Kafka
544.**O melhor de Hagar 4** – Dik Browne
545(6).**Por que não pediram a Evans?** – Agatha Christie
546.**Fanny Hill** – John Cleland
547.**O gato por dentro** – William S. Burroughs
548.**Sobre a brevidade da vida** – Sêneca
549.**Geraldão (1)** – Glauco
550.**Piratas do Tietê (2)** – Laerte
551.**Pagando o pato** – Ciça
552.**Garfield de bom humor (6)** – Jim Davis
553.**Conhece o Mário?** vol.1 – Santiago
554.**Radicci 6** – Iotti
555.**Os subterrâneos** – Jack Kerouac
556(1).**Balzac** – François Taillandier
557(2).**Modigliani** – Christian Parisot
558(3).**Kafka** – Gérard-Georges Lemaire
559(4).**Júlio César** – Joël Schmidt
560.**Receitas da família** – J. A. Pinheiro Machado
561.**Boas maneiras à mesa** – Celia Ribeiro
562(9).**Filhos sadios, pais felizes** – R. Pagnoncelli

563(10).**Fatos & mitos** – Dr. Fernando Lucchese
564.**Ménage à trois** – Paula Taitelbaum
565.**Mulheres!** – David Coimbra
566.**Poemas de Álvaro de Campos** – Fernando Pessoa
567.**Medo e outras histórias** – Stefan Zweig
568.**Snoopy e sua turma (1)** – Schulz
569.**Piadas para sempre (1)** – Visconde da Casa Verde
570.**O alvo móvel** – Ross Macdonald
571.**O melhor do Recruta Zero (2)** – Mort Walker
572.**Um sonho americano** – Norman Mailer
573.**Os broncos também amam** – Angeli
574.**Crônica de um amor louco** – Bukowski
575(5).**Freud** – René Major e Chantal Talagrand
576(6).**Picasso** – Gilles Plazy
577(7).**Gandhi** – Christine Jordis
578.**A tumba** – H. P. Lovecraft
579.**O príncipe e o mendigo** – Mark Twain
580.**Garfield, um charme de gato (7)** – Jim Davis
581.**Ilusões perdidas** – Balzac
582.**Esplendores e misérias das cortesãs** – Balzac
583.**Walter Ego** – Angeli
584.**Striptiras (1)** – Laerte
585.**Fagundes: um puxa-saco de mão cheia** – Laerte
586.**Depois do último trem** – Josué Guimarães
587.**Ricardo III** – Shakespeare
588.**Dona Anja** – Josué Guimarães
589.**24 horas na vida de uma mulher** – Stefan Zweig
590.**O terceiro homem** – Graham Greene
591.**Mulher no escuro** – Dashiell Hammett
592.**No que acredito** – Bertrand Russell
593.**Odisséia (1): Telemaquia** – Homero
594.**O cavalo cego** – Josué Guimarães
595.**Henrique V** – Shakespeare
596.**Fabulário geral do delírio cotidiano** – Bukowski
597.**Tiros na noite 1: A mulher do bandido** – Dashiell Hammett
598.**Snoopy em Feliz Dia dos Namorados! (2)** – Schulz
599.**Mas não se matam cavalos?** – Horace McCoy
600.**Crime e castigo** – Dostoiévski
601(7).**Mistério no Caribe** – Agatha Christie
602.**Odisséia (2): Regresso** – Homero
603.**Piadas para sempre (2)** – Visconde da Casa Verde
604.**À sombra do vulcão** – Malcolm Lowry
605(8).**Kerouac** – Yves Buin
606.**E agora são cinzas** – Angeli
607.**As mil e uma noites** – Paulo Caruso
608.**Um assassino entre nós** – Ruth Rendell
609.**Crack-up** – F. Scott Fitzgerald
610.**Do amor** – Stendhal
611.**Cartas do Yage** – William Burroughs e Allen Ginsberg
612.**Striptiras (2)** – Laerte
613.**Henry & June** – Anaïs Nin
614.**A piscina mortal** – Ross Macdonald
615.**Geraldão (2)** – Glauco
616.**Tempo de delicadeza** – A. R. de Sant'Anna
617.**Tiros na noite 2: Medo de tiro** – Dashiell Hammett
618.**Snoopy em Assim é a vida, Charlie Brown! (3)** – Schulz
619.**1954 – Um tiro no coração** – Hélio Silva
620.**Sobre a inspiração poética (Íon)** e ... – Platão
621.**Garfield e seus amigos (8)** – Jim Davis
622.**Odisséia (3): Ítaca** – Homero
623.**A louca matança** – Chester Himes
624.**Factótum** – Bukowski
625.**Guerra e Paz: volume 1** – Tolstói
626.**Guerra e Paz: volume 2** – Tolstói
627.**Guerra e Paz: volume 3** – Tolstói
628.**Guerra e Paz: volume 4** – Tolstói
629(9).**Shakespeare** – Claude Mourthé
630.**Bem está o que bem acaba** – Shakespeare
631.**O contrato social** – Rousseau
632.**Geração Beat** – Jack Kerouac
633.**Snoopy: É Natal! (4)** – Charles Schulz
634(8).**Testemunha da acusação** – Agatha Christie
635.**Um elefante no caos** – Millôr Fernandes
636.**Guia de leitura (100 autores que você precisa ler)** – Organização de Léa Masina
637.**Pistoleiros também mandam flores** – David Coimbra
638.**O prazer das palavras** – vol. 1 – Cláudio Moreno
639.**O prazer das palavras** – vol. 2 – Cláudio Moreno
640.**Novíssimo testamento: com Deus e o diabo, a dupla da criação** – Iotti
641.**Literatura Brasileira: modos de usar** – Luís Augusto Fischer
642.**Dicionário de Porto-Alegrês** – Luís A. Fischer
643.**Clô Dias & Noites** – Sérgio Jockymann
644.**Memorial de Isla Negra** – Pablo Neruda
645.**Um homem extraordinário e outras histórias** – Tchékhov
646.**Ana sem terra** – Alcy Cheuiche
647.**Adultérios** – Woody Allen
648.**Para sempre ou nunca mais** – R. Chandler
649.**Nosso homem em Havana** – Graham Greene
650.**Dicionário Caldas Aulete de Bolso**
651.**Snoopy: Posso fazer uma pergunta, professora? (5)** – Charles Schulz
652(10).**Luís XVI** – Bernard Vincent
653.**O mercador de Veneza** – Shakespeare
654.**Cancioneiro** – Fernando Pessoa
655.**Non-Stop** – Martha Medeiros
656.**Carpinteiros, levantem bem alto a cumeeira & Seymour, uma apresentação** – J.D.Salinger
657.**Ensaios céticos** – Bertrand Russell
658.**O melhor de Hagar 5** – Dik e Chris Browne
659.**Primeiro amor** – Ivan Turguêniev
660.**A trégua** – Mario Benedetti
661.**Um parque de diversões da cabeça** – Lawrence Ferlinghetti
662.**Aprendendo a viver** – Sêneca
663.**Garfield, um gato em apuros (9)** – Jim Davis

664.**Dilbert 1** – Scott Adams
665.**Dicionário de dificuldades** – Domingos Paschoal Cegalla
666.**A imaginação** – Jean-Paul Sartre
667.**O ladrão e os cães** – Naguib Mahfuz
668.**Gramática do português contemporâneo** – Celso Cunha
669.**A volta do parafuso** *seguido de* **Daisy Miller** – Henry James
670.**Notas do subsolo** – Dostoiévski
671.**Abobrinhas da Brasilônia** – Glauco
672.**Geraldão (3)** – Glauco
673.**Piadas para sempre (3)** – Visconde da Casa Verde
674.**Duas viagens ao Brasil** – Hans Staden
675.**Bandeira de bolso** – Manuel Bandeira
676.**A arte da guerra** – Maquiavel
677.**Além do bem e do mal** – Nietzsche
678.**O coronel Chabert** *seguido de* **A mulher abandonada** – Balzac
679.**O sorriso de marfim** – Ross Macdonald
680.**100 receitas de pescados** – Sílvio Lancellotti
681.**O juiz e seu carrasco** – Friedrich Dürrenmatt
682.**Noites brancas** – Dostoiévski
683.**Quadras ao gosto popular** – Fernando Pessoa
684.**Romanceiro da Inconfidência** – Cecília Meireles
685.**Kaos** – Millôr Fernandes
686.**A pele de onagro** – Balzac
687.**As ligações perigosas** – Choderlos de Laclos
688.**Dicionário de matemática** – Luiz Fernandes Cardoso
689.**Os Lusíadas** – Luís Vaz de Camões
690(11).**Átila** – Éric Deschodt
691.**Um jeito tranqüilo de matar** – Chester Himes
692.**A felicidade conjugal** *seguido de* **O diabo** – Tolstói
693.**Viagem de um naturalista ao redor do mundo** – vol. 1 – Charles Darwin
694.**Viagem de um naturalista ao redor do mundo** – vol. 2 – Charles Darwin
695.**Memórias da casa dos mortos** – Dostoiévski
696.**A Celestina** – Fernando de Rojas
697.**Snoopy: Como você é azarado, Charlie Brown! (6)** – Charles Schulz
698.**Dez (quase) amores** – Claudia Tajes
699(9).**Poirot sempre espera** – Agatha Christie
700.**Cecília de bolso** – Cecília Meireles
701.**Apologia de Sócrates** *precedido de* **Êutifron** e *seguido de* **Críton** – Platão
702.**Wood & Stock** – Angeli
703.**Striptiras (3)** – Laerte
704.**Discurso sobre a origem e os fundamentos da desigualdade entre os homens** – Rousseau
705.**Os duelistas** – Joseph Conrad
706.**Dilbert (2)** – Scott Adams
707.**Viver e escrever** (vol. 1) – Edla van Steen
708.**Viver e escrever** (vol. 2) – Edla van Steen
709.**Viver e escrever** (vol. 3) – Edla van Steen
710(10).**A teia da aranha** – Agatha Christie
711.**O banquete** – Platão
712.**Os belos e malditos** – F. Scott Fitzgerald
713.**Libelo contra a arte moderna** – Salvador Dalí
714.**Akropolis** – Valerio Massimo Manfredi
715.**Devoradores de mortos** – Michael Crichton
716.**Sob o sol da Toscana** – Frances Mayes
717.**Batom na cueca** – Nani
718.**Vida dura** – Claudia Tajes
719.**Carne trêmula** – Ruth Rendell
720.**Cris, a fera** – David Coimbra
721.**O anticristo** – Nietzsche
722.**Como um romance** – Daniel Pennac
723.**Emboscada no Forte Bragg** – Tom Wolfe
724.**Assédio sexual** – Michael Crichton
725.**O espírito do Zen** – Alan W. Watts
726.**Um bonde chamado desejo** – Tennessee Williams
727.**Como gostais** *seguido de* **Conto de inverno** – Shakespeare
728.**Tratado sobre a tolerância** – Voltaire
729.**Snoopy: Doces ou travessuras? (7)** – Charles Schulz
730.**Cardápios do Anonymus Gourmet** – J.A. Pinheiro Machado
731.**100 receitas com lata** – J.A. Pinheiro Machado
732.**Conhece o Mário?** vol.2 – Santiago
733.**Dilbert (3)** – Scott Adams
734.**História de um louco amor** *seguido de* **Passado amor** – Horacio Quiroga
735(11).**Sexo: muito prazer** – Laura Meyer da Silva
736(12).**Para entender o adolescente** – Dr. Ronald Pagnoncelli
737(13).**Desembarcando a tristeza** – Dr. Fernando Lucchese
738.**Poirot e o mistério da arca espanhola & outras histórias** – Agatha Christie
739.**A última legião** – Valerio Massimo Manfredi
740.**As virgens suicidas** – Jeffrey Eugenides
741.**Sol nascente** – Michael Crichton
742.**Duzentos ladrões** – Dalton Trevisan
743.**Os devaneios do caminhante solitário** – Rousseau
744.**Garfield, o rei da preguiça (10)** – Jim Davis
745.**Os magnatas** – Charles R. Morris
746.**Pulp** – Charles Bukowski
747.**Enquanto agonizo** – William Faulkner
748.**Aline: viciada em sexo (3)** – Adão Iturrusgarai
749.**A dama do cachorrinho** – Anton Tchékhov
750.**Tito Andrônico** – Shakespeare
751.**Antologia poética** – Anna Akhmátova
752.**O melhor de Hagar 6** – Dik e Chris Browne
753(12).**Michelangelo** – Nadine Sautel
754.**Dilbert (4)** – Scott Adams
755.**O jardim das cerejeiras** *seguido de* **Tio Vânia** – Tchékhov
756.**Geração Beat** – Claudio Willer
757.**Santos Dumont** – Alcy Cheuiche
758.**Budismo** – Claude B. Levenson
759.**Cleópatra** – Christian-Georges Schwentzel
760.**Revolução Francesa** – Frédéric Bluche, Stéphane Rials e Jean Tulard

761.**A crise de 1929** – Bernard Gazier
762.**Sigmund Freud** – Edson Sousa e Paulo Endo
763.**Império Romano** – Patrick Le Roux
764.**Cruzadas** – Cécile Morrisson
765.**O mistério do Trem Azul** – Agatha Christie
766.**Os escrúpulos de Maigret** – Simenon
767.**Maigret se diverte** – Simenon
768.**Senso comum** – Thomas Paine
769.**O parque dos dinossauros** – Michael Crichton
770.**Trilogia da paixão** – Goethe
771.**A simples arte de matar** (vol.1) – R. Chandler
772.**A simples arte de matar** (vol.2) – R. Chandler
773.**Snoopy: No mundo da lua! (8)** – Charles Schulz
774.**Os Quatro Grandes** – Agatha Christie
775.**Um brinde de cianureto** – Agatha Christie
776.**Súplicas atendidas** – Truman Capote
777.**Ainda restam aveleiras** – Simenon
778.**Maigret e o ladrão preguiçoso** – Simenon
779.**A viúva imortal** – Millôr Fernandes
780.**Cabala** – Roland Goetschel
781.**Capitalismo** – Claude Jessua
782.**Mitologia grega** – Pierre Grimal
783.**Economia: 100 palavras-chave** – Jean-Paul Betbèze
784.**Marxismo** – Henri Lefebvre
785.**Punição para a inocência** – Agatha Christie
786.**A extravagância do morto** – Agatha Christie
787(13).**Cézanne** – Bernard Fauconnier
788.**A identidade Bourne** – Robert Ludlum
789.**Da tranquilidade da alma** – Sêneca
790.**Um artista da fome** *seguido de* **Na colônia penal e outras histórias** – Kafka
791.**Histórias de fantasmas** – Charles Dickens
792.**A louca de Maigret** – Simenon
793.**O amigo de infância de Maigret** – Simenon
794.**O revólver de Maigret** – Simenon
795.**A fuga do sr. Monde** – Simenon
796.**O Uraguai** – Basílio da Gama
797.**A mão misteriosa** – Agatha Christie
798.**Testemunha ocular do crime** – Agatha Christie
799.**Crepúsculo dos ídolos** – Friedrich Nietzsche
800.**Maigret e o negociante de vinhos** – Simemon
801.**Maigret e o mendigo** – Simenon
802.**O grande golpe** – Dashiell Hammett
803.**Humor barra pesada** – Nani
804.**Vinho** – Jean-François Gautier
805.**Egito Antigo** – Sophie Desplancques
806(14).**Baudelaire** – Jean-Baptiste Baronian
807.**Caminho da sabedoria, caminho da paz** – Dalai Lama e Felizitas von Schönborn
808.**Senhor e servo e outras histórias** – Tolstói
809.**Os cadernos de Malte Laurids Brigge** – Rilke
810.**Dilbert (5)** – Scott Adams
811.**Big Sur** – Jack Kerouac
812.**Seguindo a correnteza** – Agatha Christie
813.**O álibi** – Sandra Brown
814.**Montanha-russa** – Martha Medeiros
815.**Coisas da vida** – Martha Medeiros
816.**A cantada infalível** *seguido de* **A mulher do centroavante** – David Coimbra
817.**Maigret e os crimes do cais** – Simenon
818.**Sinal vermelho** – Simenon
819.**Snoopy: Pausa para a soneca (9)** – Charles Schulz
820.**De pernas pro ar** – Eduardo Galeano
821.**Tragédias gregas** – Pascal Thiercy
822.**Existencialismo** – Jacques Colette
823.**Nietzsche** – Jean Granier
824.**Amar ou depender?** – Walter Riso
825.**Darmapada: A doutrina budista em versos**
826.**J'Accuse...! – a verdade em marcha** – Zola
827.**Os crimes ABC** – Agatha Christie
828.**Um gato entre os pombos** – Agatha Christie
829.**Maigret e o sumiço do sr. Charles** – Simenon
830.**Maigret e a morte do jogador** – Simenon
831.**Dicionário de teatro** – Luiz Paulo Vasconcellos
832.**Cartas extraviadas** – Martha Medeiros
833.**A longa viagem de prazer** – J. J. Morosoli
834.**Receitas fáceis** – J. A. Pinheiro Machado
835.(14).**Mais fatos & mitos** – Dr. Fernando Lucchese
836.(15).**Boa viagem!** – Dr. Fernando Lucchese
837.**Aline: Finalmente nua!!!** (4) – Adão Iturrusgarai
838.**Mônica tem uma novidade!** – Mauricio de Sousa
839.**Cebolinha em apuros!** – Mauricio de Sousa
840.**Sócios no crime** – Agatha Christie
841.**Bocas do tempo** – Eduardo Galeano
842.**Orgulho e preconceito** – Jane Austen
843.**Impressionismo** – Dominique Lobstein
844.**Escrita chinesa** – Viviane Alleton
845.**Paris: uma história** – Yvan Combeau
846(15).**Van Gogh** – David Haziot
847.**Maigret e o corpo sem cabeça** – Simenon
848.**Portal do destino** – Agatha Christie
849.**O futuro de uma ilusão** – Freud
850.**O mal-estar na cultura** – Freud
851.**Maigret e o matador** – Simenon
852.**Maigret e o fantasma** – Simenon
853.**Um crime adormecido** – Agatha Christie
854.**Satori em Paris** – Jack Kerouac
855.**Medo e delírio em Las Vegas** – Hunter Thompson
856.**Um negócio fracassado e outros contos de humor** – Tchékhov
857.**Mônica está de férias!** – Mauricio de Sousa
858.**De quem é esse coelho?** – Mauricio de Sousa
859.**O burgomestre de Furnes** – Simenon
860.**O mistério Sittaford** – Agatha Christie
861.**Manhã transfigurada** – Luiz Antonio de Assis Brasil
862.**Alexandre, o Grande** – Pierre Briant
863.**Jesus** – Charles Perrot
864.**Islã** – Paul Balta
865.**Guerra da Secessão** – Farid Ameur
866.**Um rio que vem da Grécia** – Cláudio Moreno
867.**Maigret e os colegas americanos** – Simenon
868.**Assassinato na casa do pastor** – Agatha Christie
869.**Manual do líder** – Napoleão Bonaparte
870(16).**Billie Holiday** – Sylvia Fol
871.**Bidu arrasando!** – Mauricio de Sousa
872.**Desventuras em família** – Mauricio de Sousa
873.**Liberty Bar** – Simenon

874.**E no final a morte** – Agatha Christie
875.**Guia prático do Português correto – vol. 4** – Cláudio Moreno
876.**Dilbert (6)** – Scott Adams
877(17).**Leonardo da Vinci** – Sophie Chauveau
878.**Bella Toscana** – Frances Mayes
879.**A arte da ficção** – David Lodge
880.**Striptiras (4)** – Laerte
881.**Skrotinhos** – Angeli
882.**Depois do funeral** – Agatha Christie
883.**Radicci 7** – Iotti
884.**Walden** – H. D. Thoreau
885.**Lincoln** – Allen C. Guelzo
886.**Primeira Guerra Mundial** – Michael Howard
887.**A linha de sombra** – Joseph Conrad
888.**O amor é um cão dos diabos** – Bukowski
889.**Maigret sai em viagem** – Simenon
890.**Despertar: uma vida de Buda** – Jack Kerouac
891(18).**Albert Einstein** – Laurent Seksik
892.**Hell's Angels** – Hunter Thompson
893.**Ausência na primavera** – Agatha Christie
894.**Dilbert (7)** – Scott Adams
895.**Ao sul de lugar nenhum** – Bukowski
896.**Maquiavel** – Quentin Skinner
897.**Sócrates** – C.C.W. Taylor
898.**A casa do canal** – Simenon
899.**O Natal de Poirot** – Agatha Christie
900.**As veias abertas da América Latina** – Eduardo Galeano
901.**Snoopy: Sempre alerta! (10)** – Charles Schulz
902.**Chico Bento: Plantando confusão** – Mauricio de Sousa
903.**Penadinho: Quem é morto sempre aparece** – Mauricio de Sousa
904.**A vida sexual da mulher feia** – Claudia Tajes
905.**100 segredos de liquidificador** – José Antonio Pinheiro Machado
906.**Sexo muito prazer 2** – Laura Meyer da Silva
907.**Os nascimentos** – Eduardo Galeano
908.**As caras e as máscaras** – Eduardo Galeano
909.**O século do vento** – Eduardo Galeano
910.**Poirot perde uma cliente** – Agatha Christie
911.**Cérebro** – Michael O'Shea
912.**O escaravelho de ouro e outras histórias** – Edgar Allan Poe
913.**Piadas para sempre (4)** – Visconde da Casa Verde
914.**100 receitas de massas light** – Helena Tonetto
915(19).**Oscar Wilde** – Daniel Salvatore Schiffer
916.**Uma breve história do mundo** – H. G. Wells
917.**A Casa do Penhasco** – Agatha Christie
918.**Maigret e o finado sr. Gallet** – Simenon
919.**John M. Keynes** – Bernard Gazier
920(20).**Virginia Woolf** – Alexandra Lemasson
921.**Peter e Wendy** *seguido de* **Peter Pan em Kensington Gardens** – J. M. Barrie
922.**Aline: numas de colegial (5)** – Adão Iturrusgarai
923.**Uma dose mortal** – Agatha Christie
924.**Os trabalhos de Hércules** – Agatha Christie
925.**Maigret na escola** – Simenon
926.**Kant** – Roger Scruton
927.**A inocência do Padre Brown** – G.K. Chesterton
928.**Casa Velha** – Machado de Assis
929.**Marcas de nascença** – Nancy Huston
930.**Aulete de bolso**
931.**Hora Zero** – Agatha Christie
932.**Morte na Mesopotâmia** – Agatha Christie
933.**Um crime na Holanda** – Simenon
934.**Nem te conto, João** – Dalton Trevisan
935.**As aventuras de Huckleberry Finn** – Mark Twain
936(21).**Marilyn Monroe** – Anne Plantagenet
937.**China moderna** – Rana Mitter
938.**Dinossauros** – David Norman
939.**Louca por homem** – Claudia Tajes
940.**Amores de alto risco** – Walter Riso
941.**Jogo de damas** – David Coimbra
942.**Filha é filha** – Agatha Christie
943.**M ou N?** – Agatha Christie
944.**Maigret se defende** – Simenon
945.**Bidu: diversão em dobro!** – Mauricio de Sousa
946.**Fogo** – Anaïs Nin
947.**Rum: diário de um jornalista bêbado** – Hunter Thompson
948.**Persuasão** – Jane Austen
949.**Lágrimas na chuva** – Sergio Faraco
950.**Mulheres** – Bukowski
951.**Um pressentimento funesto** – Agatha Christie
952.**Cartas na mesa** – Agatha Christie
953.**Maigret em Vichy** – Simenon
954.**O lobo do mar** – Jack London
955.**Os gatos** – Patricia Highsmith
956.**Jesus** – Christiane Rancé
957.**História da medicina** – William Bynum
958.**O morro dos ventos uivantes** – Emily Brontë
959.**A filosofia na era trágica dos gregos** – Nietzsche
960.**Os treze problemas** – Agatha Christie

O Segredo para ser uma mulher vencedora